U0075001

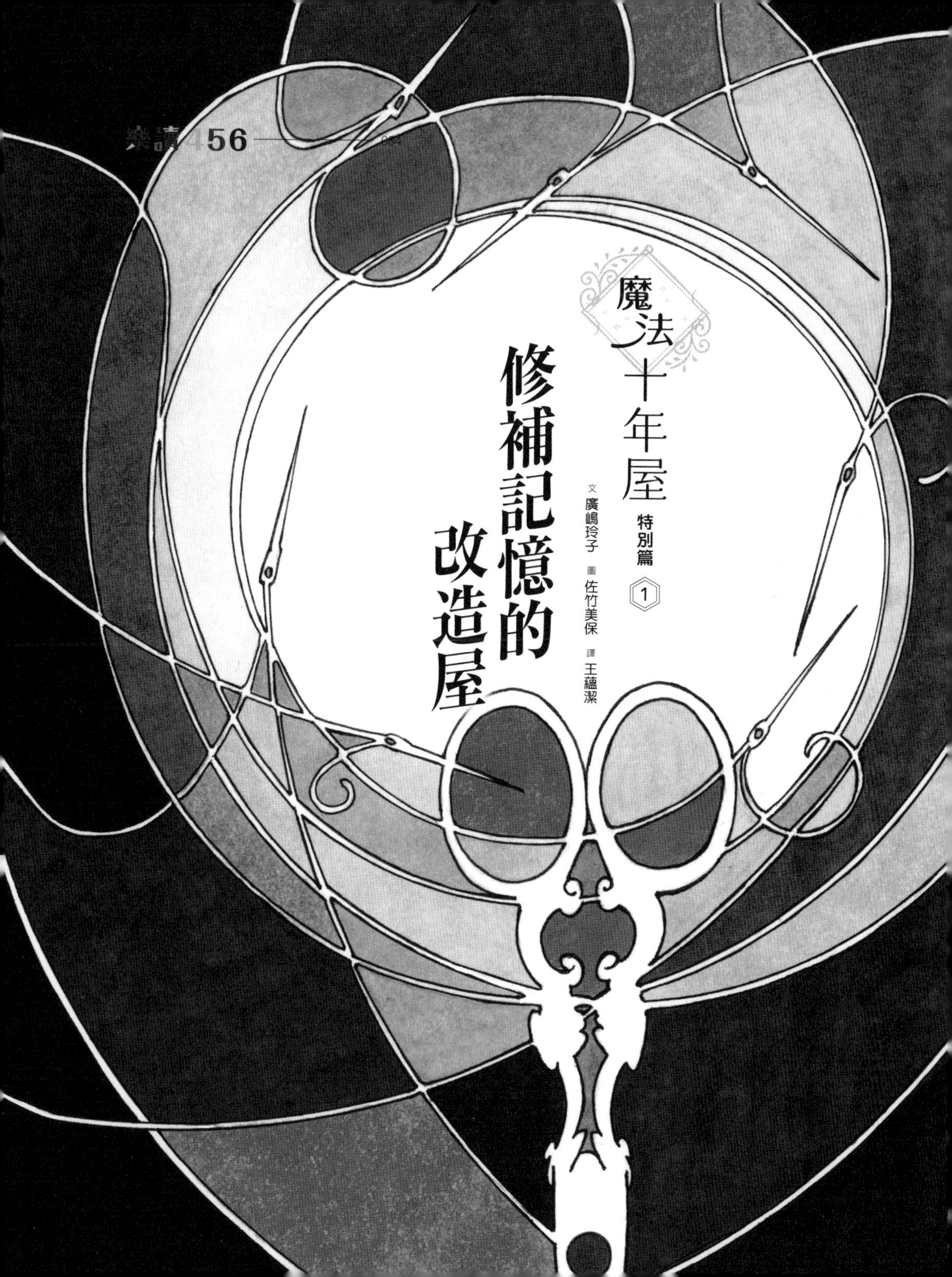

魔法十年屋

特別篇 1

修補記憶的改造屋

文 廣嶋玲子
圖 佐竹美保
譯 王蘊潔

魔法十年屋特別篇1
修補記憶的改造屋

目錄

序章

咦？你身上是不是有什麼不需要的東西？

怎麼樣？你願不願意把那個東西送給我呢？

只要你把它給我，就可以在這家店隨便挑選一樣東西帶走，任何東西都可以，像是那個戒指，或是那個銀製燭臺都行。你看，這個裝小東西的盒子是不是很漂亮呢？

不不不，我沒有開玩笑，我是真的要和你交換物品。

嗯？你問我為什麼想要別人不要的東西？

那還用問嗎？當然是因為喜歡啊。我最喜歡把別人不要的破銅爛鐵，改造成出色的物品。

沒錯，我會改造它們，讓它們獲得重生，「改造屋」就是這樣的地方。

1 鮮花餐盤

「好，擇日不如撞日！」

佳娜下定決心後，站在儲藏室前。

她今天一定要整理這個儲藏室。平時都將一些占地方的東西和不用的工具丟進儲藏室裡，而且將近三十年的時間完全沒有整理，現在她已經完全不知道儲藏室變成什麼模樣，也不知道裡頭放了什麼東西，簡直就是個鬼屋。

因為她一直不想整理，所以拖延了一天又一天，今天無論如何一定要整理才行。今天天氣很不錯，吹來的風也很舒服，要是這種日子不動手整理，要等到什麼時候呢？

佳娜挽起袖子，打開了儲藏室的門。

儲藏室裡果然亂成一團，之前一直把東西丟進儲藏室，覺得「以後有空再整理」，所以裡頭堆滿了箱子和各種工具，而且還積了滿滿的灰塵。

佳娜差點就要放棄了，但她還是把前面的箱子一點一點搬出來。她想要好好看清楚儲藏室裡到底有什麼東西。

「咳咳！咳咳咳，好多灰塵……哇，好懷念啊！這是祈理以前送我的唱片。啊！相簿原來在這裡啊。哎喲，這不是兒子的玩具嗎？哦，我想起來了。之前玩具壞掉，我說會找時間修好，結果就一直丟在這裡……咦？為什麼會有木樁？這絕對是老公放進來的，他打算用它做什麼啊？」

佳娜從儲藏室拿出一件又一件懷舊的東西、壞掉的東西和廢棄的東西。

她逐一確認每一樣物品，依據該留和該丟的分成兩大類。整理出來的物品幾乎都是該丟掉的東西，轉眼之間就堆成了一座小山。

「咦？這個箱子裝了什麼？」

佳娜發現了一個很大的木箱。木箱很重，她花了很大的力氣才把它拉出來。

打開蓋子一看，裡頭是用白紙仔細包裹起來的盤子，而且數量不只一個。四個湯盤，四個麵包盤，還有兩個大盤子和牛奶壺，是一整套的高級餐具。

餐具圖案是五彩繽紛的盛開鮮花，每個盤子看起來都很華麗。大理花、玫瑰、牡丹、風信子、鳶尾花，每一種花都描繪得栩栩如生，簡直就像是真正的花朵在盤子上綻放一樣。

「呃！」佳娜忍不住發出像是蟾蜍般的聲音。

「原、原來在這裡……」

在很久很久以前，她和丈夫結婚時，阿姨送給她這套餐具作為結婚禮物。三十三年前，佳娜收到這套餐具時欣喜若狂，覺得「這些盤子真是太美了！」只不過——

實際使用後，佳娜發現這套餐具很不好用，因為盤子上的圖案和顏色太過鮮豔，使得料理裝盤後看起來一點都不好吃。

看到烤魚好像被埋在鮮花裡的時候，佳娜和丈夫都很失望，連帶著食慾都沒了。

佳娜使用一、兩次之後，還是不知道該怎麼妥善運用，最後只好把餐具裝進箱子，塞在儲藏室深處。

面對這套遺忘已久的餐盤，佳娜再度陷入了煩惱。

「我不想要這些盤子，完全不想，而且以後也絕對不會用到。雖然很想丟掉，但是丟掉別人送的結婚賀禮，總覺得心裡有點不舒服。看來只能維持原狀，把它們繼續塞在儲藏室深處，讓這些盤子繼續沉睡了。」

「可是……如果沒有這個箱子，儲藏室可以騰出很多空間。」

佳娜嘆著氣，正打算把箱子移到旁邊時，發現儲藏室深處有一道門。

「那裡原本就有門嗎？」

無論怎麼想都覺得很不可思議。

儲藏室的門就在佳娜目前所站的位置，她從沒聽說過儲藏室會有兩道門。

那道門的形狀也很奇特，看起來就像是一顆圓形的鈕扣。漂亮的桃紅色門上，在相當於鈕扣洞的地方鑲了小小的圓形彩色玻璃，彩色玻璃上分別畫了毛線球、針、剪刀和線捲的圖案。

「太奇怪了，發生了不尋常的事。」

雖然佳娜打從心裡這麼想著，但她很想趕快打開那道門。

「把門打開看看，趕快、趕快！」

鈕扣形狀的門似乎發出了催促的聲音。

佳娜恍惚的往前走，挪開擋路的箱子和搖椅，站在那道神奇的大門前。

她握住門把，然後用力推開了門。

「鈴鈴。」

隨著清脆的鈴聲響起，那道門很輕鬆的打開了。

照理說，儲藏室後方應該是院子才對，然而出現在佳娜眼前的卻是一個很大的房間，房間內有很多桌子和架子，上面陳列了不計其數的小東西。

包括各式各樣的首飾、擺設、花瓶、絨毛娃娃和音樂盒，還有漂亮的皮包和帽子。

放眼望去，到處都是可愛、漂亮的東西。

這裡似乎是一家店，但所有商品都沒有標價。

「真是一個神奇的地方。」

佳娜繼續向前走了幾步，打量店內的環境。

牆上有好幾扇窗戶，窗戶也是鈕扣的形狀。玻璃窗外是霧茫茫的昏暗馬路，還有一整排用紅磚建造的房子，所以這家店應該位在某條街上。

佳娜有一種不可思議的感覺，好像走進了另一個世界，她忍不住感到有點害怕。

「是不是該回去了？是不是該回家把鈕扣形狀的門關起來？」

正當她的腦海中閃過這個念頭時——

「歡迎光臨！」

聽到這個活力十足的聲音，佳娜嚇得跳了起來。

抬頭一看，有位老婆婆從旁邊的桌子探頭看過來。

這位老婆婆的個人風格很強烈，剪成學生頭的頭髮是鮮豔的粉紅色，還戴了一副好像用玻璃瓶底做的厚鏡片眼鏡。

她的頭上戴了一頂帽簷很寬的帽子，這頂帽子也很驚人。帽子的頂部像針墊一樣插了很多針，剪刀和毛線球都成為帽子的裝飾。

她穿著一件洋裝，但洋裝上縫了無數顆扣子，幾乎看不出原本布料的顏色。

佳娜驚訝得說不出話來。她活了五十八年，結婚生子至今三十幾年，為母則強，人生路上經歷過很多風風雨雨，但從來沒有見過這麼奇妙又特別的老婆婆。

老婆婆看到佳娜大驚失色，露出微笑說：

「這位太太，歡迎你來到改造屋。雖然我很想請你慢慢參觀……但你似乎是希望改造的客人。」

「啊？什、什麼意思？」

「沒關係，你想要改造什麼東西？先給我看一下。」

說完，老婆婆「啪、啪」拍了兩次手，下一秒鐘，那個裝了餐盤的箱子立刻出現在她們的腳下。

「這是魔法。」佳娜終於發現了這件事。

沒錯，剛才看到那個鈕扣狀的門，自己就應該發現才對。這是

魔法，眼前這個老婆婆是魔法師。

老婆婆動作俐落的打開箱子，把裡面的盤子全都拿了出來。

「原來是這些東西。這都是高級貨，從著色來看就知道是出自工匠之手。雖然我很喜歡，但用這些盤子裝菜整體看起來太花俏，實用性不高。」

「沒、沒錯，所以它們一直被我收在儲藏室裡……」

「但又捨不得丟？」

「對……因為這是阿姨送我的結婚賀禮。」

「這樣啊，那的確不能丟。」老婆婆點了點頭說：「沒問題，我來為你改造。」

「改造？你是說要改造這些盤子嗎？」

「對啊。我是改造魔法師茨露婆婆，我會把這些派不上用場又讓你傷腦筋的盤子，變成你喜歡的東西，但是……」

茨露婆婆說到這裡，露出嚴肅的表情說：

「你必須支付報酬，而且報酬並不是金錢，而是要你把自己認為不需要或是想丟棄的東西送給我，這樣一來，我們才能完成交易。」

佳娜用力眨了眨眼睛。

「我認為不需要或是想丟棄的東西？這是……什麼意思呢？」

「不必想得太複雜。我的意思是，我想要你認為是垃圾或破爛的東西。啊，我先說清楚，我不要廚餘，打掃出來的灰塵、紙屑也不行。好了，你要給我什麼呢？」

茨露婆婆雙眼發亮的注視著佳娜，她的眼神簡直就像是在等待禮物的小孩。

佳娜很傷腦筋。

老實說，她完全搞不懂改造那些盤子是什麼意思，但現在要是說出「不用改造，什麼都不必做」，很可能會惹惱茨露婆婆。誰知道惹惱魔法師會有什麼可怕的後果？

現在最好乖乖按照茨露婆婆的指示去做，把她想要的東西給她，讓她改造盤子，然後就能趕快回家了。

這時，佳娜想到了儲藏室。

沒錯，儲藏室裡有許多破銅爛鐵，從那些東西裡隨便挑一樣給茨露婆婆應該就行了吧？

「請你等一下。」佳娜說完，便走過鈕扣狀的門回到家裡的儲藏室，然後拿起自己第一個看到的東西——

那是一個壞掉的玩具馬，一根長棍前端有一個木頭做的馬頭，孩子可以騎在這根木棍上玩木馬。

佳娜想起那是在兒子納達還小的時候買給他的玩具。納達收到禮物時很高興，每天都騎著木馬玩，還會撫摸毛線做的鬃毛，得意的說：「這是我的愛馬。」

但這是很久以前的事了。木馬現在慘不忍睹，木棍從正中央折斷，上面的油漆和亮光漆都斑駁剝落，鬃毛更是糾結成一團。

「納達在玩的時候把木棍折斷了，雖然我和他約定會幫他修好，但隔年生日他哥哥就送他新的木馬當禮物……這個木馬就一直丟在儲藏室裡了。」

雖然是充滿回憶的東西，但是已經壞掉的舊玩具也只能丟棄了。這個木馬應該符合茨露婆婆說的「想丟棄的東西」吧？她決定帶這個舊木馬給茨露婆婆。

「茨露婆婆……你覺得這個可以嗎？」

佳娜戰戰兢兢的遞上壞掉的木馬，茨露婆婆頓時浮現出欣喜的表情。

「太棒了！嗯，可以啊，這個很好！而且我正好想要擁有和馬相關的東西！很好很好，那我們的交易成立了，現在輪到我為你完成心願。」

茨露婆婆小心翼翼的把木馬拿去後方，接著又走回來看著佳娜的臉問：

「好……你喜歡什麼？你有什麼興趣或愛好嗎？」

「呃，這個嘛……」

「哎呀，你不必想得太複雜，只要輕鬆回答就好。」

「嗯……我喜歡園藝。」

「你喜歡園藝？」

「對，我很喜歡花，但是我不太擅長種花，所以每次都會把花種死。」

佳娜想起來了，當年阿姨送她這套餐具時曾經說過：「因為你很喜歡花，所以我為你挑選了這套餐具。」

茨露婆婆對又想起一件往事的佳娜露出燦爛的笑容。

「你喜歡花啊，這是很棒的興趣。好，我有靈感了，我現在就開始進行改造。請你稍微往後退幾步，嗯，站在那裡就好。」

佳娜向後退了幾步，魔法師便張開雙手，唱起了不可思議的歌。

松葉蕁麻黑玫瑰，針線護者在這裡，
木賊母子草雞眼草，一聲令下全聚齊，
重新編織舊記憶，縫縫補補向未來，

破銅爛鐵獲重生，譜出一首新歌曲。

室內頓時光芒四射，柔和的金色光芒很溫暖，緩緩籠罩了那些盤子。

同時，茨露婆婆帽子上的剪刀和針懸在空中，好像在跳舞般跳動，線就宛如緞帶般閃閃發亮，剪刀沙沙作響的聲音簡直就像在打拍子。

裁縫工具在金光周圍持續跳了一陣子的舞蹈，然後再度回到茨露婆婆的帽子上。金光漸漸暗淡下來，最後消失了。

佳娜忍不住眨了眨眼睛。那些盤子消失了，眼前出現了剛才沒有的東西。

那是盆栽。

碗公形狀的大型白色陶瓷花盆裡，開滿了各式各樣的鮮花。大理花、玫瑰、牡丹、風信子和鳶尾花。五彩繽紛的花朵爭奇鬥豔，花瓣的顏色嬌美，淡淡的香氣撲鼻而來，讓佳娜看得目瞪口呆。

茨露婆婆得意的舉起盆栽，遞到佳娜面前問：

「你覺得怎麼樣？」

「這、這、這真的是用那些盤子改造的嗎？」

「對啊，那些盤子不愧是出自工匠之手，改造出來的花是不是很漂亮呢？最重要的是，這個盆栽承載了當初送禮物給你的人滿滿的心意。」

「咦？」

「當初送禮給你的人，希望你在生活中隨時都能被鮮花包圍，所以才能改造成這麼美麗的盆栽。」

「這不是你的功勞嗎？」

「當然我也發揮了出類拔萃的品味。雖然魔法師會使用魔法，但人的想法可以激發出魔法的力量。」

「……」

「只要你能好好珍惜這些花，不要忘記你的阿姨，這些花就不會枯萎。」

「我知道了，謝謝你。」

「我才要謝謝你，讓我完成這麼有成就感的事，我真是太高興了。來，請你收下。」

佳娜回想起阿姨送自己這套餐盤時的笑容，伸手接過了盆栽。

等她回過神來，才發現自己站在自家的儲藏室前。

她向儲藏室內張望，發現鈕扣形狀的門已經消失不見了。

❊

自從那次以後，佳娜再也沒有去過那家「改造屋」。那道神奇的鈕扣狀大門不再出現，也沒有再遇見那位有神奇魔力的魔法師。

但是，佳娜的盆栽永遠綻放著鮮花，而且花朵永遠鮮豔美麗。

2 夢想門

德可先生今年四十六歲，在小學當老師。他和太太、兩個孩子一起住在一棟小公寓裡，生活過得很儉樸。他們夫妻感情很恩愛，彼此無話不說。

但是這二十年來，他一直瞞著太太藏了一樣東西——

那就是一塊門板。

那是一塊漂亮而厚實的門板，擦了焦糖色的亮光漆，一眼就可

以看出是舊門板，不過整體感覺特別有味道。門板上有精細的雕刻，獅子頭形狀的黃銅門把也頗具威嚴。

它原本是這個城市歷史最悠久的飯店大門，當初得知那家飯店要拆除時，德可先生立刻去要了這塊門板。

德可先生希望有朝一日可以建一棟自己的房子，然後裝上這塊門板，送給太太當禮物。

他下定決心偷偷把門板帶回公寓，還拜託房東讓他把門板藏在公寓的地下室。

可是現實很殘酷，他們連續生了兩個孩子，薪水又沒有調漲，生活開支捉襟見肘，根本沒辦法存錢蓋房子。

即使如此，德可先生仍然沒有放棄夢想。

有朝一日，他一定要蓋一棟漂亮的房子。

所以他有時候會去地下室，輕輕撫摸那塊門板激勵自己，告訴自己不能輕言放棄。

這一天，德可先生難得有空走去地下室。他這陣子很忙，已經有一年多沒來地下室了。想到自己又可以看到那塊心愛的門板，他的內心忍不住雀躍不已。

房東在地下室堆了很多家具，有散發出一股霉味的沙發，壞掉的暖氣機，還有不知道哪個房客沒帶走的油畫和一堆舊雜誌。

德可先生的門板就放在這些雜物的後方，豎立在牆邊。

但是當他看向後方時，臉色頓時變得鐵青，因為他發現心愛的門板上竟然出現了很大的裂縫。

「怎、怎麼會這樣！」

他急忙跑了過去。

他的手才剛碰到門板，門上的亮光漆就脫落了。多年來一直放在潮溼的地下室，就連牢固的門板也終於撐不住了。

仔細看，就會發現門板上不止有一道裂痕，而是有很多大小不一的裂縫。自己珍惜這麼多年的門板，以後卻再也無法發揮門的作用了。

德可先生覺得自己的夢想也出現裂縫，應聲破碎了，淚水忍不住在眼眶中打轉。

「不要哭。男子漢大丈夫不可以為這種事流淚，只不過是一塊門板壞了而已。」

雖然他這麼告訴自己，但是淚水並沒有停止，反而撲簌簌的流了下來。

他覺得自己很沒出息，不想再看到那塊毀損的門板，於是衝上地下室的樓梯，推開了通往外面的門。

照理說，門外應該是公寓的後院才對……沒想到德可先生卻走進一間從沒見過的房間。

與其說是房間，那裡看起來更像是一家店。店裡放滿了閃亮亮的首飾、可愛的擺設，還有品質很好的皮包、帽子，就連對這些東西不感興趣的德可先生，也忍不住被吸引了目光。

「不對，這種事不重要，重要的是我為什麼會來到這種地方？我剛才不是走出地下室了嗎？」

德可先生回頭一看，才發現自己剛才推開的是一道鈕扣狀的桃紅色大門。地下室的門應該是有點褪色的綠色，形狀也是很普通的長方形。

「這到底是怎麼回事？」德可先生驚訝得說不出話來，這時，突然有個響亮的聲音對他說：「歡迎光臨！」

德可先生再次嚇了一跳，他的面前突然出現了一位穿著打扮十分奇妙的老婆婆。

這位老婆婆真的很奇特，大大的帽子上頂著毛線球和剪刀，身上的洋裝縫了無數顆鈕扣，看起來就像魚鱗一樣閃閃發亮。她留著一頭粉紅色的短髮，整個人看起來很不「普通」，但是她的雙眼在厚厚的眼鏡片後方綻放光芒。

老婆婆用明亮的雙眼看著德可先生，對他笑了笑說：

「哦，你是想要改造物品的客人，歡迎你來到本店。你想改造什麼東西？我們馬上動手吧。」

她一口氣說出那些話，但是德可先生完全聽不懂她的意思。

「你、你在說什麼啊？」

他好不容易才開口反問。

老婆婆再度露出笑容說：

「你問我在說什麼？我在說改造東西啊，因為這裡是改造物品的商店。我問你，你應該有很重要的東西吧？你非常珍惜它，但是那個東西壞了無法再使用，對不對？本店可以把這種東西改造成全新的形式。」

德可先生立刻就想到了那塊門板，這是他唯一一個非常珍惜卻無法再使用的東西。

就在這時，那塊門板竟然無聲無息的出現在德可先生和老婆婆的腳邊。

在感到驚訝之前，德可先生更覺得痛心。那塊門板上有很多條裂縫，亮光漆也都剝落了，看起來很破舊。而且在明亮的店裡，那塊門板看起來更加慘不忍睹，德可先生忍不住把頭轉到一旁。

沒想到老婆婆的雙眼露出了欣喜的神情。

「哦，看起來真不錯啊，這是個好東西，凝聚了很多感情。你是不是很珍惜這塊門板呢？怎麼樣？如果你不介意，要不要告訴我其中的故事呢？有時候物品的故事，會對改造新物品有幫助。」

德可先生把這塊門板的事，一五一十的告訴了老婆婆。

他希望有朝一日可以建造自己的房子。當年，他在飯店拆除時去要了這塊門板，打算以後在建造房子時使用。二十年來，他一直向家人隱瞞這件事。他很珍惜這塊門板，因為這塊門板支持著他的夢想。

「我真是太傻了，竟然先準備門板，而且還一直抓著它不放。沒想到，最後連這塊門板也壞了……我應該早點把它處理掉才對。」

德可先生自責的說，老婆婆卻一臉嚴肅的看著他回答：

「我可不這麼認為。」

「咦？」

「這是你的夢想，既然它一直支持著你的夢想，你怎麼可以輕易把它處理掉呢？我已經充分了解這件事了，既然這樣，這塊門板只能改造成一樣東西，真是讓人躍躍欲試。」

看到老婆婆露出興奮的表情，德可先生目不轉睛的問：

「你要用這塊門板做什麼東西嗎？」

「對啊，我要改造它。我剛才不是說過這家店是改造屋嗎？只是改造物品需要向你收取酬勞。」

德可先生點了點頭。

照目前的情況判斷，這塊門板只能丟掉了，但是如果能夠變成其他形式繼續留在這個世界上，他當然求之不得。這塊門板有他二十年的感情和留戀，為了這塊門板，稍微花一點錢也很值得。

不過老婆婆說她收費的方式並不是金錢。

「你可以給我一樣你不需要的東西，或是你想要丟棄的東西，作為支付給我的酬勞。」

德可先生歪著頭，不明白老婆婆為什麼想要這種東西，但是他立刻想到了一樣物品。

念頭一轉，他立刻感覺到自己的手心沉甸甸的。

雖然有預感會發生什麼事，但他還是張開手掌看了一下。

不出所料，剛才腦海裡浮現的東西，現在就在他的手上。那是一把鐵製的大鑰匙，上面有戴著皇冠的獅子裝飾。

那是那塊門板的鑰匙，當年飯店把門板送給他的時候，也把鑰匙一起送給了他。既然門板要變成其他東西，那這把鑰匙就沒用了。

「這個可以嗎？」

看到德可先生遞出的鑰匙，老婆婆喜出望外的說：

「是國王！太好了、太好了，這正是我想要的東西！啊，簡直太棒了！」

「那、那可以用這個鑰匙請你幫我改造嗎？」

「當然沒問題，我欣然接受！」

老婆婆像小孩子一樣興高采烈的接過鑰匙，開口說：

「我已經想好該怎麼做了，這件事包在我身上。」

於是，老婆婆開始唱歌。

那是一首不可思議的歌，每句歌詞都充滿了魔力。

魔力！

沒錯，這是魔法，眼前這位老婆婆是一位魔法師。

此時此刻，她正在對德可先生的門板施展魔法。

在魔法歌聲的環繞下，門板被光芒籠罩。老婆婆帽子上的剪刀和線飛了起來，在空中跳舞，好像有一隻無形的手在操控它們似的。

德可先生親身感受到熱情洋溢卻又靜謐平穩的魔法力量。

不一會兒，老婆婆唱完歌，剪刀和線又回到了魔法師的帽子上。當光芒消失時，門板也消失了，取而代之的是一棟娃娃屋。

那是用木頭做成的兩層樓漂亮娃娃屋，屋頂是很深的酒紅色，牆壁則是柔和的乳白色。一樓寬敞的平臺有屋簷，二樓也有陽臺，還有一根煙囪，看來房子裡一定有個很棒的壁爐。

德可先生倒吸了一口氣。

「這、這是……」

「怎麼樣？你還滿意嗎？」

怎麼可能不滿意呢？因為這就是德可先生夢想中的房子。

他很想住在這樣的房子裡，也很想送一棟這樣的房子給太太和家人。

他夢寐以求的房子，如今就在自己的眼前。

最重要的是，這棟娃娃屋使用了那塊門板。塗了焦糖色亮光漆的門板，上面都是雕刻，樣式看起來很老舊卻又充滿威嚴，而且門上還有那個獅子頭形狀的門把。

老婆婆溫柔的對驚訝得說不出話來的德可先生說：

「我先把話說清楚，這棟房子裡什麼都沒有，要放什麼家具跟做什麼裝潢，都要由你和你太太決定。你們可以自己做家具、裝窗簾，想怎麼布置都可以，因為這是你們的家。」

老婆婆最後的話深深打動了德可先生。

「謝謝。」

德可先生接過娃娃屋，向老婆婆深深一鞠躬後，就從鈕扣狀的大門走了出去。

他的眼前是熟悉的公寓後院，回頭一看，才發現通往魔法商店的圓形大門消失了，只剩下那道褪了色的綠色長方形門板。

那是通往地下室的門，但他已經不需要再去地下室了。他要趕快回家，讓太太和孩子看看這棟娃娃屋。

然後，他會對家人說：「有朝一日，我們會住進這樣的房子。」

德可先生快步走回自己的家。

✲

五十年後，城鎮中新建了一棟房子。

那棟兩層樓的房子有酒紅色的屋頂，乳白色的牆壁，還有寬敞的平臺，二樓也有一個陽臺，屋頂上還有一根高高的煙囪。

每個走進那棟房子的人，看到放在客廳裡的娃娃屋，全都感到驚訝不已，因為娃娃屋和那棟房子簡直一模一樣。

「這個娃娃屋是我祖父的東西，他經常對我祖母和爸爸他們說『有朝一日要住在這樣的房子裡』，所以這個願望也漸漸成為我們全家人的夢想。到了我這一代，才終於美夢成真。」

每當客人問起娃娃屋的由來，屋主總是這麼告訴大家。

3 說書人筆記

那一天，納谷在整理閣樓。他打開所有箱子，確認裡面裝了什麼東西，然後把物品名稱寫在箱子上。

他整理的時候一直很生氣。

對一個狂妄自大的十四歲少年來說，整理閣樓絕對不會是他想做的事情，但是媽媽威脅他：「如果不整理就沒有飯吃，我也不會給你零用錢。」他只好乖乖聽話。

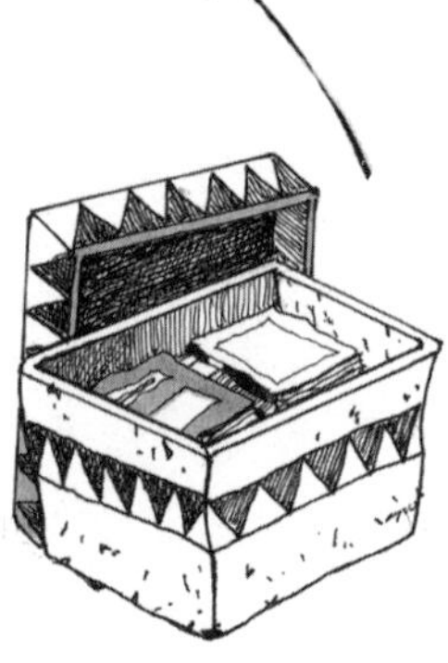

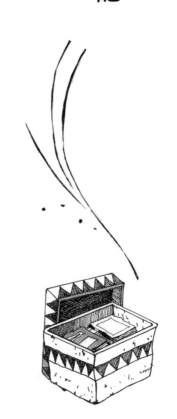

「我為什麼要做這種事啊？而且這些破銅爛鐵都和我沒有關係！」

今天是難得的休假日，天氣也很好，自己竟然要在滿是灰塵的閣樓，整理這些莫名其妙的奇怪工具和舊東西。

納谷深深覺得自己很不幸。

如果這些東西裡頭有寶物或是值錢的東西，多少還能讓人樂在其中，但是到目前為止，看到的都是幾十年前的舊照片堆、過時的洋裝、難看的盤子和茶杯。納谷憤恨的想，應該把所有東西都放火燒掉。

但是當他打開不知道第幾個箱子的時候，終於發現了令人好奇的東西。

箱子裡裝著老舊的筆記本，而且數量不止一本，而是有將近五十本。他翻開看了一下，上面寫了滿滿的文字，但是藍色墨水變得很淡，幾乎無法辨識字跡。

「這是什麼啊？」

五十本筆記本很不尋常，納谷抱著箱子走出閣樓去找媽媽。

「媽，我找到這些東西。這是什麼？」

「我看看喔……筆記本？」

「對，但是裡面的內容都看不清楚，上面的字跡都褪色了。」

媽媽想了一下，突然拍著手說：

「我知道了！這是姨婆的筆記本。」

「你是說諾娜姨婆嗎？大家都說她很奇怪的那個姨婆？」

「對，她很喜歡幻想，即使變成了老婆婆，仍然充滿了少女般的天真和探險的心。她很喜歡寫故事，而且每次都是寫在筆記本上，然後說給小孩子聽。這些筆記本，一定就是她當時寫故事用的。」

「這樣啊，那這些筆記本要怎麼辦？」

媽媽露出為難的表情笑了笑說：

「嗯……留著也沒用，反正也看不清楚上面寫的字，那就乾脆燒掉吧。」

「那我來燒。」

納谷立刻自告奮勇。

他很討厭整理東西，卻很喜歡燒掉不要的東西。看到火越燒越旺，使原本有形的東西逐漸消失殆盡，心情感覺格外暢快。

納谷立刻把裝了筆記本的箱子搬去後院，後院有一個紅磚砌成的小爐灶，納谷家的人經常在那裡焚燒垃圾。

「一本一本燒太麻煩了，乾脆整箱一起燒吧。」

納谷把箱子放進爐灶，接著拿起放在旁邊的火柴盒。

他正打算點燃火柴時——

「年輕人！等一下！」

突然聽到有人大喊，納谷大吃一驚，手上的火柴也掉了。

他急忙轉頭一看，發現有個戴眼鏡的老婆婆，站在圍繞庭院的柵欄外。

「怎麼回事？」納谷瞪大了眼睛。

他從沒看過這樣的老婆婆。她的頭髮染成粉紅色，戴了一頂很花俏的紅色帽子，上面插了很多針，帽簷上還有剪刀和毛線球，簡直就像是把針線盒頂在頭上。她的衣服上縫滿五顏六色的鈕扣，納谷也從來沒看過這種衣服。

她的身上還背了一個很大的熊娃娃，用許多碎布縫製而成的熊娃娃，露出了可怕的眼神。

納谷膽戰心驚的問：

「你、你有什麼事啊？你是誰？」

「我是剛好路過的魔法師。」

「魔、魔法師！真的嗎？」

「當然是真的。先別說這個了，我問你，你想要燒什麼？」

老婆婆探出身體，好奇的向爐灶內張望。

「哦，原來是筆記本。我感受到很美好的氣息，我的直覺絕對不會錯。怎麼樣？可不可以把這些筆記本給我？我可以送你一件你喜歡的東西。」

老婆婆不等納谷回答，就把背上的娃娃拿了下來，把手伸進熊的嘴巴。

納谷直到現在才發現，原來那不只是個娃娃，還是個熊造型的背包。

看她使用這麼奇怪的背包，還有一身奇特的打扮，搞不好這位老婆婆真的是魔法師。

正當納谷這麼想著的時候，老婆婆已經拿出各式各樣的東西放在他面前。

「你看，這是燈火鍊墜。雖然很小，但是需要光的時候，它能發出足夠的亮光，去露營的時候可以派上用場。這個音樂盒，是用手指受傷的音樂家提供的小提琴改造的，可以發出很優美的音色。啊，如果是適合男生的東西，這件斗篷你覺得怎麼樣？這是用蝙蝠傘做的，在滿月的夜晚可以在天空中飛翔。」

老婆婆拿出的每一樣東西都魅力十足，讓納谷非常心動。

但是，他突然想到一件事。

她不惜用這麼厲害的東西來交換，就代表她很想要這些筆記本。既然這些筆記本這麼有價值，連魔法師都想要，自己怎麼可以輕易放棄呢？

納谷故意表現出興趣缺缺的樣子說：

「你的東西都不怎麼樣啊。」

「是嗎？」

老婆婆臉上露出有點受傷的表情，但是她沒有放棄，繼續對納谷說：

「那你來我店裡一趟吧，我的店裡還有各式各樣的商品。」

「你為什麼這麼想要這些筆記本？你打算拿這些筆記本做什麼？」

「我要把它們改造成新的東西。我的魔法就是把別人不要的東西改造成出色的物品，這是我的生意，更是我生命的意義。」

「這些舊筆記本能做成其他東西嗎？」

「當然可以。這些筆記本上寫了很多故事，我很清楚，這絕對可以改造成很棒的東西。」

「那我就要那個。」

老婆婆聽了納谷的話，驚訝的看著他問：

「你說什麼？」

「我說我可以把這些筆記本給你，但是你要把用這些筆記本做出來的東西給我。阿婆，你聽不懂我說的話嗎？」

「我有名字，我叫茨露。」聽到納谷說話很沒禮貌，老婆婆語氣嚴厲的說：「好吧，偶爾做這樣的交易也不壞……我問你，你喜歡什麼？有什麼想做的事，或是想達成的夢想嗎？」

「我想想喔……我喜歡睡午覺，夢想是輕鬆成為名人。」

「真是沒出息，我好久沒有這麼提不起勁了。不過還是試試看好了，你把那些筆記本全都搬過來。」

「你不會拿了筆記本就逃走吧？」

「你給我識相一點，不要對魔法師沒大沒小，小心我把你的嘴巴縫起來。」

「對、對不起。」

納谷有點害怕，急忙把裝了筆記本的箱子交給茨露婆婆，然後跳越柵欄，站在茨露婆婆身旁。他這樣做是想避免她逃走，而且他也想近距離看魔法怎麼施展。

「我倒要見識一下，她可以改造出什麼東西。如果她做出奇怪的東西，我就要當著她的面燒掉。」

正當納谷這麼想的時候，茨露婆婆唱起了歌。

松葉蕁麻黑玫瑰，針線護者在這裡，
木賊母子草雞眼草，一聲令下全聚齊，
重新編織舊記憶，縫縫補補向未來，
破銅爛鐵獲重生，譜出一首新歌曲。

這首神奇的歌立刻被箱子裡的筆記本吸了進去，吸入歌聲的筆記本發出光芒，最後變成了光。茨露婆婆帽子上的裁縫工具也飛了起來，在那些光的周圍飛舞。

當那些光芒消失時，茨露婆婆手上抱著一個大枕頭。

軟綿綿的白色枕頭，枕頭套角落用藍色的線繡了一排古代文字。

「什麼嘛，竟然是一個枕頭！」

納谷忍不住大聲質問。

雖然親眼看到魔法很有趣，但是他沒想到竟然會做出一個枕頭，真是太令人失望了。早知道會這樣，他就選擇可以飛到天上的斗篷了。

納谷說自己不想要枕頭，而是要剛才的斗篷。茨露婆婆冷冷的對他說：

「你已經做了選擇。你不是說想要用筆記本改造的東西嗎？和魔法師做交易，必須遵守當初的約定。廢話少說，你趕快收下東西，如果不想要，那你就什麼都沒有了。」

聽到茨露婆婆這麼說，納谷只好無可奈何的收下枕頭。

「這個枕頭有什麼作用？有什麼神奇的功效嗎？」

「你自己試試看就知道，反正我要回家了。唉，害我又肩膀痠痛了。」

茨露婆婆嘀嘀咕咕的抱怨，然後快步轉過街角離開了。

納谷失望的看著枕頭。

「竟然是枕頭……」

他原本還以為魔法師會變出更厲害的東西。

不過手上的枕頭很柔軟，摸起來也很舒服，而且散發出有點像花香的宜人香氣，說不定睡起來很舒服。

「說不定這是可以讓人做好夢的枕頭。」

這樣的話，這筆交易或許很值得。納谷這麼想之後，心情稍微好了一些。

「總之，先試用看看吧。」

現在剛好是午睡時間，今天納谷一大早就被媽媽使喚，現在已經累壞了。有了這個枕頭，他應該可以馬上睡著。納谷抱著枕頭跑回自己的房間。

他躺在床上，把頭放在枕頭上，立刻陷入了沉睡。

周圍一片昏暗，昏暗中傳來了一個聲音。

「今天你想聽什麼故事呢？」

那是一個溫柔女人的聲音。

納谷明明已經不是小孩子了，卻突然很想聽故事，所以他說：

「我想聽開心的故事。」

「好啊，那我來說勇敢的豆豆和龍的故事。」

那個聲音開始說故事。

隨著說故事的聲音響起，眼前也出現了故事的場景，簡直就像在看電影一樣。風景隨著故事情節持續改變，可以看到主角豆豆騎在龍的身上到處飛翔的樣子。

納谷專心的豎起耳朵，目不轉睛的看著呈現在眼前的豆豆冒險故事。

「於是豆豆成功拯救了南瓜公主，他再度騎到龍的身上飛向天

空，展開新的冒險。故事說完了。」

聽到那個聲音說「故事說完了」的同時，納谷也醒了過來。他的內心有種好像看完一本書的滿足感，他記得整個故事的情節，甚至記得那個聲音說的每一個字，好像故事已經刻在他的腦袋裡一樣。

「這一定是姨婆寫在筆記本上的故事，然後這個枕頭用夢的方式呈現在我面前。」

從此睡覺變成了快樂的事。納谷竊笑起來，因為有很多筆記本，所以這個枕頭一定裝滿了許多有趣的故事。

那天之後，納谷每天晚上都用那個枕頭睡覺。

他猜對了，枕頭呈現的每個夢境都很有趣，讓納谷樂在其中。他特別喜歡某些故事，只要提出要求，就可以一次又一次重溫。

好開心，太好玩了！

納谷澈底愛上了那個枕頭，然後他想到一件事。枕頭說的故事都是姨婆的創作，也就是說，這個世界上沒有任何人知道這些故事，所以當成是納谷創作的故事也沒問題。

「這些故事太有趣了，我怎麼可以不和大家分享呢？」

納谷把枕頭說的故事抄寫在筆記本上，因為他記得所有故事的情節，所以可以逐字逐句寫下來。

抄寫了十個故事之後，他把筆記本送去出版社，對出版社的人說：「這是我寫的故事，請你們看一下。」

一個星期後，納谷接到了出版社的電話。

「故事太精采了，請務必讓我們為你出版！」

於是，納谷成為少年作家踏入了文壇。

這些故事完全不像十四歲少年寫的。

「太精采了！」

「他是天才！」

納谷的作品成為眾人談論的話題，他的書也成為暢銷作品。每個大人都尊稱他「老師」，把他捧在手心上不斷奉承，這讓納谷樂翻了天。

但是……發生了傷腦筋的事。

自從書籍出版之後，魔法枕頭就不再說故事了。無論納谷再怎麼拜託，都無法在夢中聽到那個聲音，也無法再看到故事情節的風景，就連之前聽過的故事也從腦海中消失了。

納谷焦急不已，因為各家出版社都催促他：「請你趕快寫下一本作品。」

「拜託你了，再這樣下去我會很傷腦筋。求求你，說幾個故事給我聽嘛。」

無論納谷再怎麼哀求，枕頭仍然保持沉默。

納谷氣得火冒三丈。

「我這麼低聲下氣的拜託也沒用！好，我知道了，這個枕頭壞了，那個魔法師老太婆給我的是瑕疵品。」

「可惡，我才不要這種壞掉的東西！」

納谷帶著滿滿的恨意，把大剪刀插進枕頭裡。

他聽到枕頭裡傳出許多紙張撕碎的聲音，接著有什麼東西從枕頭中溢了出來……

原來是文字，枕頭內裝滿了藍色的字。

那些文字從納谷剪開的裂縫中溢了出來，好像鳥一樣撲向納谷。

「哇！怎、怎麼回事？別過來，去那裡！對、對不起，我向你道歉！」

納谷放聲尖叫，想要趕走那些文字，最後他哭著道歉，但是那些文字毫不留情的黏在他身上。

這些文字變成了文句——

騙子！

故事小偷！

騙子！

這些黏在納谷身上的藍色文句，即使用肥皂清洗，用刷子用力刷也洗不乾淨。沒錯，在納谷承認「那些故事並不是我寫的」之前，這些文字一直沒有消失。

4 行星運行吊飾

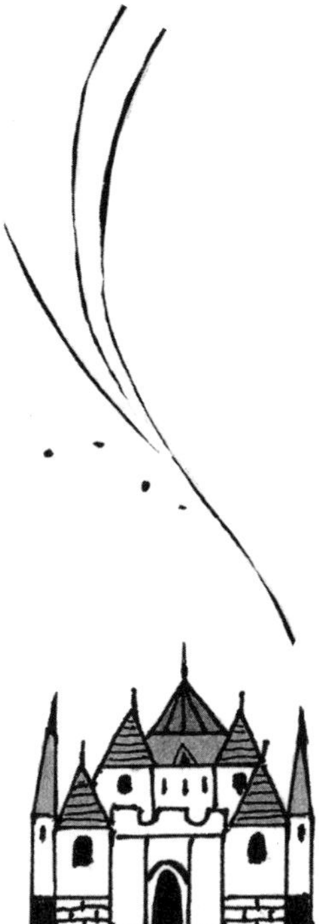

六歲的少女米雅，用一臉快哭出來的表情走在路上。她剛才去挑戰柑仔店的抽獎活動，結果把身上的錢全都花光了。

米雅想要二等獎的玩具車。那是個用鐵皮做成的玩具車，藍色的車身讓人看了心情很暢快。車子的門和引擎蓋都可以打開，車子裡還有方向盤、油門和煞車，無論怎麼看，都和真正的車一模一樣。即使米雅是女生，也覺得那輛玩具車很迷人。

她無論如何都想要得到那輛玩具車，是因為弟弟的生日快到了。弟弟庫德年紀很小，是米雅唯一的弟弟，但是他身體虛弱，很容易發燒生病，經常躺在床上。米雅很想送禮物給弟弟，她覺得如果庫德收到漂亮的禮物，身體可能就會好起來。

於是她想到自己可以送弟弟柑仔店抽獎的獎品。

她挑戰了好幾次，都只抽到安慰獎的糖果。這次好不容易中獎了，得到的竟然是很無趣的城堡徽章，米雅簡直失望透頂。

「我才不要這種東西。」

在抽到她想要的玩具之前，身上的錢就全都用光了，米雅沒有別的辦法只好回家。

回家途中，她拚命忍著在眼眶中打轉的淚水，但是淚水還是忍不住流了下來。

「滴答。」

她覺得自己眼淚滴落在地上的聲音，聽起來格外大聲。

這時，不可思議的事情發生了。滴到米雅眼淚的地方，竟然冒出了白色的霧氣。

潮溼的霧氣一轉眼就包圍了米雅，周圍的風景也漸漸模糊起來。

「怎、怎麼回事？」

米雅瞪大眼睛，忍不住感到害怕。

她在一片濃霧中看到一盞燈光。溫暖的燈光讓人感到安心，米雅情不自禁的被吸引過去，走向那盞燈光的所在之處。

灰色的磚造建築物之間，有一間獨棟的房子。

米雅從來沒有看過這麼奇妙的房子。這棟兩層樓的房子雖然是四方形的，但是屋頂並不是瓦片或木板，而是用比米雅更大的各色毛線球組成。

粉紅色、紅色、桃紅色、淡紫色，還有紫紅色。

巨大的剪刀和棒針從好幾個大大的毛線球之間探出頭來，整棟房子看起來好像是一個針線盒。

那棟屋子的門窗形狀也很奇特，看起來就像是鈕扣。尤其是桃紅色的門上鑲了四塊圓形彩色玻璃，上面分別畫了不同的裁縫工具。最與眾不同的就是牆壁了。牆壁上鑲嵌的不是玻璃、磁磚或是磚塊，而是無數顆鈕扣。放眼望去，五顏六色的鈕扣簡直就像魚鱗般閃閃發亮。

米雅越看越覺得這棟房子很不可思議，好奇到底是怎樣的人住在這棟房子裡？米雅透過圓形的窗戶向屋內張望。

她驚訝的發現，屋裡有許多閃閃發亮的東西。這裡好像是一家商店，店裡有各式各樣的東西，所有東西好像都在發光。有的是亮麗的橘色，有的是沉穩的紫色，還有鮮嫩草葉的顏色，以及如同月亮般的銀色。

米雅看著看著忍不住興奮起來，但是很快的，她又洩了氣。

雖然她很想進去店裡看看，但是她身上已經沒錢了。店家看到像米雅這種身無分文的小孩走進去，一定不會歡迎。

米雅不敢走進店裡，但是在外面看也很痛苦，還不如趕快回家算了。

雖然她這麼想，但是雙眼卻怎樣也無法從店裡的商品上移開。

這時，「鈴鈴」的聲音響起，鈕扣狀的大門突然打開了。

米雅大吃一驚，因為從門內走出一個超奇怪的老婆婆。她頂著一頭粉紅色的短髮，穿著一件滿是鈕扣的衣服，紅色的大帽子上還有針和剪刀。

這個老婆婆簡直就像是這棟房子的分身。米雅一看到她，就知道是這棟房子的主人。

老婆婆戴著一副鏡片很厚的眼鏡，雙眼發亮的看著米雅問：

「你是客人吧？歡迎光臨。你不要站在這裡，快進來啊。」

「啊，但是……」

「沒關係、沒關係，你不必客氣，進來吧。」

老婆婆說著，拉著米雅的手，把她拉了進去。

店裡有很多吸引人的商品，有漂亮的東西，也有可愛的東西，還有雖然不知道可以用在什麼地方，但是讓人很想要擁有的東西。

店裡頭也有很多玩具，有木馬、拼圖、人偶、絨毛娃娃、娃娃屋，還有各種車子和飛行船，以及像是寶石和珍珠的串珠組合。

米雅忍不住嘆了一口氣。之前她跟大人一起去過大型百貨公司，但是就連百貨公司的玩具賣場，也找不到像這家店裡陳列的誘人商品。

米雅覺得自己簡直就像在做夢。

這時，她聽見老婆婆問她：

「你是不是有什麼不想要的東西？你有什麼呢？拿出來給我看看。」

米雅很納悶老婆婆為什麼會知道這件事，但她還是把剛才抽中的城堡徽章拿了出來。即使她是小孩子，也知道那個徽章是個便宜貨，而且徽章上的城堡圖樣一點都不可愛。

沒想到老婆婆笑臉盈盈的說：

「真是不錯，這城堡太棒了，我剛好很想要。」

「咦？」

「怎麼樣？你願不願意把這個城堡徽章送給我？然後你可以挑選一件本店的商品，任何商品都行。」

「真、真的嗎？」

「當然是真的，任何商品都可以，你可以挑選你喜歡的東西。」

事情的發展太不可思議了，竟然可以得到連在百貨公司都買不到的玩具，米雅簡直難以相信自己會這麼幸運。

雖然很驚訝，但米雅還是回頭看向陳列著玩具的架子。

「對了，難得有這樣的機會，乾脆來挑選適合男生的玩具，然後送給弟弟當禮物。」

米雅帶著興奮的心情走向放玩具的貨架。

這家店裡的東西真的都很棒。有精美的繪本、可愛的人偶、裝了很多木雕動物的小行李箱，還有閃亮的小喇叭、紅色的太鼓、裝滿金幣的寶箱和海盜帽子套組，以及滿是精緻刺繡的小帳篷、風箏和陀螺。

因為看到許多自己很想要的東西，米雅的內心動搖了好幾次，尤其是看到就像真的皇冠和珍珠色禮服的時候，她差點就要伸手去拿了。

「擁有它們就可以用來玩公主遊戲了！」

但是米雅用力克制這些想法。

「不行、不行，我已經決定今天要找送給庫德的禮物。」米雅在心裡想著，「庫德很喜歡繪本，要是收到繪本，他應該會很高興。雖然鑲了很多珠子的木馬也很漂亮，但是萬一庫德從木馬上掉下來就慘了，這個應該不太適合。」

米雅想著總是臉色蒼白的瘦弱弟弟，繼續為他尋找禮物。

最後，她終於找到了。

那是一個懸掛在天花板上的行星吊飾，上面有好幾顆寶石般的行星，靠彼此的重量維持絕妙的平衡。最漂亮的是位在中心的太陽，耀眼的金黃色太陽散發出紅色的火焰。

米雅走到行星吊飾的下方，想要仔細看清楚。當她來到行星吊飾下方時，感受到春天陽光般的溫暖，彷彿自己正站在原野上，全身沐浴著陽光，連身體深處都熱了起來，渾身充滿了活力。

她覺得這個行星吊飾很適合作為送給弟弟的禮物。只要有了這個行星吊飾，把它掛在弟弟床鋪的上方，這樣一來，因為怕冷而無法外出的庫德，身體應該會好一點。即使是發燒躺在床上，躺在這個行星吊飾下方，或許還可以夢見星星。

米雅跑回老婆婆身旁，指著行星運行吊飾說：

「我要那個。」

「喔！你選了個好東西，那是我很有自信的作品。」

「這是你做的嗎？」

「你可以叫我茨露婆婆。你說得沒錯，這家店裡所有商品都是我做的。」

茨露婆婆在說話的時候搬來一個小梯子，她爬上梯子把行星運

行吊飾從天花板上拿了下來。

「你是不是想要這個？」

米雅用力點了點頭。近距離看著這個行星運行吊飾，發現它比剛才看到的還要出色，她驚豔得完全說不出話來。

藍色的行星、紅色的行星、黑色和棕色大理石圖案的行星，還有像是帶有雪花冰晶斑點的綠色行星，金色漩渦圖案的藍色行星，靜靜發出銀色光芒的月亮，以及散發耀眼火光的金色太陽。

啊，果然沒錯，這個太陽可以讓人感受到強大的力量，簡直就像是小太陽。

「這個東西很適合庫德，這絕對是屬於庫德的東西。」

米雅越看越有這種感覺。如果行星運行吊飾只有這個太陽，沒有其他行星，她應該也會毫不猶豫的選它作為送給庫德的禮物。

茨露婆婆用紙小心翼翼的包起行星運行吊飾，把它交給米雅。

米雅也把城堡徽章交給茨露婆婆，但是她還是有些不安。

米雅很清楚行星運行吊飾和玩具徽章的價值有著天壤之別，這兩樣東西怎麼能相互交換呢？這件事太奇怪了。

米雅終於忍不住發問：

「你為什麼想要這個徽章？」

「因為你不想要這個徽章啊。正因為你不要它，所以對我來說，它是充滿魅力的材料。」

「材、材料？」

「對啊，我會用別人不需要的東西做出漂亮的作品，這是我的工作，也是我的興趣，這裡所有的東西都是這樣做出來的。」

茨露婆婆說完後，張開雙手，好像在介紹店內的商品。

米雅瞪大了眼睛問：

「所以你也要用這個徽章做成其他東西嗎？」

「是啊。」

「所以……這個太陽也是嗎？這麼棒的太陽以前也是別人不想要的東西嗎？」

「它原本並沒有這麼閃閃發亮，所以以前的主人不想要它，我就收下作為材料，和其他石頭一起擦乾淨，重新做成了這個可以活動的吊飾。你喜歡嗎？」

「嗯，我好喜歡！」

「這樣啊。」

茨露婆婆露出了笑容。

「我最高興聽到客人這麼說了。謝謝你，你該回家了，不然你的父母會擔心。」

「嗯，茨露婆婆，謝謝你！」

米雅小心翼翼的抱著包起來的行星運行吊飾，打開鈕扣狀的大門。門外的霧漸漸散去，前方出現了熟悉的街道，只要在郵筒那裡轉彎，馬上就是米雅的家了。

「我要趕快回家，把這個吊飾送給弟弟。」

米雅找到回家的路，快步走了回去。茨露婆婆的商店，在她的身後變得越來越模糊，最後和霧一起消失了。

米雅當天就把交換來的行星運行吊飾，懸掛在弟弟庫德的床鋪上方。

庫德仰頭看著掛在天花板上運行的星星，笑著說：

「謝謝姊姊，好漂亮！」

「對吧？」

「而且……很溫暖，好像寒冷都被趕走了。」

庫德在小太陽的照耀下笑得很開心。米雅驚訝的發現，弟弟的氣色似乎變好了。

那天之後，庫德的身體確實慢慢好了起來。他下床活動的時間拉長了，氣色越來越好，食量也漸漸增加了。

不久之後，醫生終於確信的說：「不必再擔心他的健康，他可以像普通孩子一樣生活了。」

爸爸和媽媽喜極而泣，接連說發生了奇蹟，但是米雅隱約知道那並不是奇蹟，而是行星運行吊飾的功勞。行星吊飾中的太陽，蒸發了糾纏庫德的壞東西。

庫德可能也隱約察覺到這件事，他在恢復健康之後，仍然把行星吊飾掛在床鋪的上方，不想把它拿下來。

「每天睡覺看著它的時候，就有一種受到保護的感覺，而且還會做關於宇宙的夢……不知道宇宙是怎樣的地方。」

庫德因為這個吊飾，對行星產生了興趣，開始大量閱讀有關行星的圖鑑和書籍。長大之後，他打工賺錢買了天文望遠鏡，只要一有空，他就會用望遠鏡觀察天空。

然後——

庫德最終成為了優秀的天文學家，還發現了新的行星，他將那顆行星命名為「米雅」。

「這是我姊姊的名字，因為姊姊讓我愛上了星星，所以我帶著感謝的心，為這顆行星取了這個名字。」

庫德在自己的研究室內對報社記者這麼說。他研究室的天花板上，就掛著那個行星運行吊飾。

5 討厭的紅珠子

有一天，茨露婆婆打開自己的寶物箱，笑咪咪的看著箱子裡的東西。

「很好很好，已經蒐集到不少材料，只差最後一樣了，不知道什麼時候可以得到，真是太期待了。哈琪，你說對不對？」

她對自己的搭檔——熊娃娃背包這麼說。

「砰！」改造屋的店門被人用力打開，一個年輕女人衝了進來。

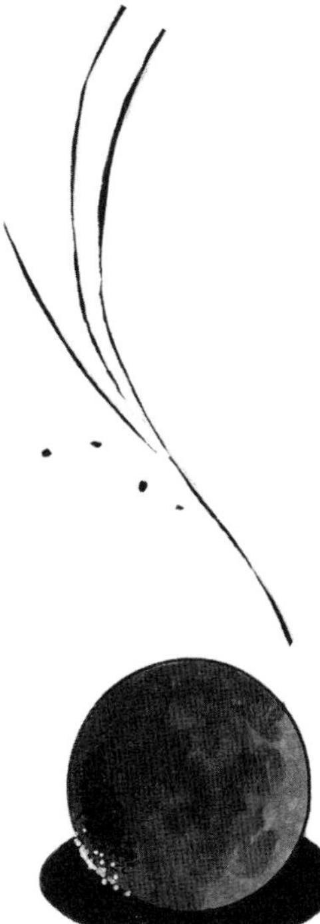

她臉色蒼白的甩著一頭紅色頭髮，嘴脣不停的顫抖，不知道是不是一路跑來的關係，她的高級洋裝也都皺了。

「咦？你不是上次的……」

茨露婆婆大吃一驚，但是女人抓著她說：

「你、你把那顆紅珠子還給我！」

女人大叫著，幾乎快把店裡的玻璃窗震破了。

希拉拉從小就是一個貪心的孩子。

每逢生日，她總是想收到比前一年更多的禮物，還會根據來家裡的客人有沒有帶伴手禮上門，判斷對方是「好人」還是「不重要的人」。

只要是自己的東西，她連一顆糖果都不願意送給別人，但如果別人擁有她沒有的東西，她就會很羨慕對方。希拉拉就是這麼貪心的人。

很少人發現她的本性。漂亮紅髮女孩的外表，掩飾了她的任性和貪婪。

不過也有人沒有受騙上當。

「這個孩子很貪心，如果現在不好好教育她，以後會出問題。」

希拉拉的奶奶是第一個發現這件事的人。

奶奶也因為說了這句話，成為希拉拉眼中的「敵人」，但是她只在心裡這麼想，平時還是會向奶奶撒嬌，和奶奶很親近，因為希拉拉認為奶奶很有錢，而且還有很多漂亮的首飾。

像是鑲了很多藍色寶石的皇冠頭飾，使用很多小顆黃玉點綴的向日葵胸針，三層珍珠項鍊，以及鑲了一顆好像燃燒火焰的紅寶石戒指。

「只要博取奶奶的歡心，她以後很可能就會把所有的首飾都送給我。」

希拉拉滿心希望可以得到奶奶的珠寶，所以整天都把「我最愛奶奶」掛在嘴上，在奶奶面前努力偽裝成乖孩子、不貪心的孩子，讓大人看了忍不住想要疼愛的孩子。

希拉拉使出渾身解數的演技，似乎連奶奶也無法識破。奶奶開始喜歡她，並且稱讚她：「希拉拉變成了乖孩子。」

希拉拉暗自偷笑：「只要奶奶死了，那些漂亮的珠寶就全是我的了。因為在所有孫女中，奶奶最疼愛我，所以一定會把所有珠寶都送給我。」

但是在希拉拉滿二十二歲的某一天，她在奶奶的書房內發現了意想不到的東西——奶奶的遺囑。

希拉拉立刻打開遺囑，她感覺得到自己心跳加速。奶奶最近很容易疲倦，經常躺在床上。她可能是覺得自己來日無多，所以才寫下這份遺囑。

「不知道奶奶在遺囑上寫了什麼。」希拉拉小心謹慎的打開信封，把裡面的遺囑拿出來。

奶奶在遺囑中寫到，在她死後，要把財產分給所有人。圖書室內的書送給愛書的表哥馬魯，古董送給兒子諾德，銀器送給媳婦卡樂，家具送給女兒希絲。

希拉拉跳過這部分的內容，因為她只對奶奶的珠寶有興趣。

終於，她在遺囑最後的部分看到了關於珠寶的分配。奶奶的遺囑是這樣寫的：

「我的珠寶就分給年輕的孫女。藍色皇冠頭飾送給琳，向日葵胸針送給尤雅，珍珠項鍊送給艾荷，紅寶石戒指送給琪樂，書房那顆紅珠就送給希拉拉，希望這些孫女可以記得和我相處的回憶……」

希拉拉再也看不下去了。

她怒氣沖沖，覺得眼前變成了一片鮮紅。

「上當了，我被奶奶騙了，奶奶終究還是看穿了我的本性。雖然她嘴上說我是她可愛的孫女，但是內心卻蔑視我。紅珠？哦，就是那顆珠子嘛，顏色混濁的玻璃珠簡直就像是塗了紅漆。奶奶把昂貴的珠寶送給其他孫女，卻只把玻璃珠留給我。

「不能原諒，我無法原諒！」

希拉拉把奶奶的遺囑撕得粉碎，丟進火爐，然後思考了起來。

如果沒有遺囑，親戚們就會在奶奶死後一起討論遺產分配，好拿到自己喜歡的東西。很多人都想要珠寶，自己要在大家搶奪之前先把珠寶藏起來。

「那些珠寶都是我的，不能讓任何人搶走。」

希拉拉立刻溜進奶奶的臥室，從巨大的珠寶盒裡偷走所有首飾，把它們放進自己的皮包，然後若無其事的離開了奶奶家。

但是，她在回家的路上漸漸猶豫起來。

雖然成功偷走了奶奶的珠寶，但是接下來該怎麼辦呢？希拉拉原本打算把這些珠寶藏在自己家裡，但是仔細一想才驚覺這樣做太危險，如果被人發現，自己就完蛋了。要是大家知道希拉拉偷走了珠寶，他們一定會罵她「小偷」！

但是好不容易到手的寶物，她還是很希望可以留在自己身邊。最理想的方法，就是把這些珠寶變成其他樣子。比方說：把戒指上的紅寶石折下來變成鍊墜，這樣就算被人發現，也可以裝糊塗說：「這不是奶奶的珠寶。」不知道有沒有哪家珠寶店可以幫忙改造？

她邊走邊思考這些事情的時候，完全沒有注意周圍的景色。

當她回過神時，才發現自己在一個完全陌生的地方。

那裡似乎是一條小路，有一排灰中帶藍的磚造房子，濃霧把所有的事物都變成朦朧的白色，每棟房子看起來都沒人住，四周盡是一片昏暗，寂靜無聲。

只有一棟房子亮著燈光。那是一棟兩層樓的房子，雖然擠在兩棟高大的房子之間，卻比其他房屋更加引人注目。

那棟房子的外觀很奇特，屋頂上有好幾顆巨大的毛線球，牆壁上鑲滿鈕扣，而且大門和窗戶都是鈕扣的形狀。整棟房子看起來就像是一個針線盒，希拉拉不由得看傻了眼。

這棟奇妙的房子建築在奇妙的街上，但是確實是這棟房子在呼喚她。

希拉拉突然想到，這一定是魔法。魔法把自己帶來這裡，所以那棟房子一定是魔法師住的地方。

希拉拉頓時雙眼發亮。

希拉拉想到的是：只要拜託魔法師，他們就會幫助自己。雖然必須付出一些代價，但是眼前只有魔法能夠解決她的問題。

希拉拉現在顧不了那麼多了，她筆直走向那棟房子，推開了鈕扣狀的大門。

那是一家商店，店裡堆滿了小配件、擺設和首飾，但是坐在後方櫃臺內吃餅乾的老婆婆，比店內所有的商品更加引人注目。

同樣是老人，但希拉拉的奶奶體型瘦高很有威嚴，和眼前這個老婆婆完全不一樣。這個老婆婆個子矮小，衣服和帽子上用很多鈕扣代替寶石作為裝飾，而且還戴了一副很厚的眼鏡，簡直就像是用果醬瓶的瓶底製作的。

「真俗氣。」希拉拉在心裡輕蔑的說。

不過老婆婆看到希拉拉很高興，她露出笑容說：

「歡迎光臨。」

「你好，這裡是不是魔法師的商店？」

「是啊，這裡是改造屋，可以把不能用或用不到的東西，變成全新的美好物品。漂亮的小姐，有什麼需要我為你服務的嗎？」

「改造屋！這家店完全符合我目前的需要！」

希拉拉在內心笑了起來。她走近老婆婆說：

「我很傷腦筋。奶奶送給我很多首飾，但是它們太華麗了，不太符合我的喜好。可以請你為我改造成像我這樣的年輕人戴在身上也不會奇怪，或是適合我的東西嗎？」

希拉拉說完，拿出從奶奶那裡偷來的珠寶。

「哎喲，這些珠寶真是太貴重了。」

老婆婆雖然很驚訝，但也只是驚訝而已。即使看到如此貴重的珠寶，她的眼中也沒有露出貪婪的神情。

希拉拉想起自己以前好像在書上看過，魔法師對金錢或寶石完全沒有興趣，她忍不住在內心竊笑，自己真是來對了地方。

「怎麼樣？你可以為我改造嗎？」

「好，我接受這個委託。」

「太好了，你可以改造成適合我的東西嗎？」

「當然可以。如果不是客人喜歡的東西，那就失去了改造的意義，不過我要收取報酬。」

「請問要多少錢？」

「我收取的不是金錢。」

老婆婆一臉嚴肅的看著希拉拉。

「本店基本上採取以物易物的交易方式，客人可以將不需要的東西作為支付的報酬。你有沒有什麼不需要的東西、想丟棄的東西，或是討厭的東西？」

「有啊。」

她立刻想到了那顆討厭的紅珠子。

「奶奶太可惡了，竟然把那種東西留給我。」

她一浮現這個念頭，那顆紅珠子就立刻出現在她的手上。

希拉拉嚇了一跳，但她馬上就察覺是怎麼一回事。這裡是魔法師的商店，是充滿魔力的地方，要召喚遠方的東西根本易如反掌。

希拉拉默默遞出那顆紅珠子。

「這個嗎？好啊，這是個好東西。」

「你說這是好東西？」

「你不會明白的。越是你覺得不需要、不值錢的東西，對我來說就越有魅力、越有價值。」

老婆婆說完這句令人費解的話，便接過紅珠子，把它小心翼翼的放進口袋。

「好了，既然已經收了酬勞，那就趕快動手改造吧。你想要這些寶石對不對？你希望它們改造之後還是首飾嗎？」

「對。啊，還是不要變成首飾比較好。」

萬一被那些囉嗦的親戚發現，懷疑「這是不是用奶奶的寶石改造的？」那就慘了。她希望改造成不會讓人發現自己偷了那些珠寶，又可以留在自己身邊的東西。

希拉拉提出了要求。

「我要把它們留在身邊，但是不要做成首飾，也不要讓人看出它們原本是首飾。可以的話，最好改造成看不出它們是用真正寶石做的物品。」

「為什麼？」

「如果別人知道我有這麼值錢的東西，可能會來偷走。」

「你的要求不簡單呢……好，我試試看。」

老婆婆雖然歪著頭露出為難的樣子，但還是開始動手改造了。

她把首飾全都放在櫃臺上，接著從後方拿出一個只剩下骨架的雨傘，把它放在首飾的旁邊。接著她閉上眼睛，緩緩的唱起了歌。

那首歌聽起來好像是咒語。老婆婆的歌聲很優美，聲音渾厚有力、充滿溫暖，難以想像那是上了年紀的人發出來的聲音。希拉拉深刻體會到，這就是魔法的力量。

歌聲的魔力帶來了變化。放在櫃臺上的東西開始發出光芒，老婆婆帽子上的裁縫工具也都懸在半空中，圍著光芒舞動了起來，就像是有一隻無形的手在操控那些工具，剪裁、縫紉著肉眼看不到的東西。

歌聲結束後，這些裁縫工具又回到了老婆婆的帽子上，剛才放在櫃臺上的首飾和壞掉的傘全都不見了。

一個鉛製的燭臺出現在櫃臺上。燭臺是樹木的形狀，中央可以插蠟燭，樹枝像雨傘一樣向下方張開，樹枝上有成串的珍珠和寶石，看起來就像是樹葉和果實，樹根旁有一個小天使，手上拿著一顆很大的紅寶石，就像是捧著一顆球似的。

變得截然不同了。希拉拉驚訝得幾乎說不出話。

樹枝上的寶石當然是皇冠頭飾、項鍊和胸針上的寶石，而天使手上拿著的應該就是戒指上的紅寶石，雖然這些寶石的顏色和光澤完全沒有改變，但是整體看起來很廉價。也許是鑲嵌在鉛製樹木上的關係，這些寶石看起來完全不像是真品，天使的臉和樣子也很畸形，看起來很不值錢。

「呼！」老婆婆嘆了一口氣，「真是累人，沒想到『故意搞砸』這麼不簡單。怎麼樣？你滿意嗎？」

「滿意，我非常滿意。」

希拉拉終於擠出聲音回答。魔法師成功的完成了自己提出的要求，現在任誰也看不出來，眼前的燭臺是用奶奶的珠寶首飾做成的。

希拉拉開心的笑了起來。

「謝謝你，這真是太完美了。」

「客人滿意，我也很高興。那請你回家的路上小心。」

「好。」

希拉拉帶著華麗的燭臺，得意洋洋的回到家，把燭臺放在自己的桌上。

媽媽一看到燭臺，立刻問她：

「這個東西是哪來的？」

「朋友送我的。因為是重要朋友送的禮物，所以我決定將它放在這裡。」

「這樣啊，那也沒辦法……只不過看起來品味很差。」

媽媽皺著眉頭，似乎完全沒有想到眼前的燭臺是用奶奶的珠寶做的。希拉拉看到媽媽的表情，內心滿足不已。

在那之後還不到兩天，奶奶就過世了。全家人為奶奶舉辦了葬禮，然後開始討論遺產分配的事。因為找不到奶奶的遺囑，於是大家決定賣掉所有財產和房子，再平均分配金錢。

但是無論大家怎麼找，都找不到奶奶生前珍愛的珠寶，所有親戚都開始相互猜忌。

「是他偷走了嗎？」

「會不會是他偷的？」

每個人都在懷疑別人，相互叫罵著很難聽的話，原本和睦的家族很快就反目成仇、互不來往。

但是沒有人懷疑希拉拉，因為她一直假裝是「好孩子」，所以大家都很愛她，也很信賴她。

希拉拉用這種方式，成功的把奶奶的珠寶占為己有，而且沒有被任何人發現。

她成功了。

這種滿足感有如蜂蜜般甜美，希拉拉每天晚上都把燭臺放在身旁，看著那些閃亮的寶石看得出神。

兩年後的某一天，希拉拉在咖啡店巧遇諾德叔叔。諾德叔叔為了遺產的事和希拉拉的父母吵翻天，但是他看到希拉拉的時候，還是像以前一樣笑容滿面。

「喔，希拉拉，好久不見。」

「諾德叔叔，好久不見，你最近還好嗎？」

「嗯，很多事情都不順利……自從上次的鬧劇之後，很多事都不對勁，好像失去了什麼重要的東西，我相信其他人應該也有相同的感受。」

「那些值錢的東西，要是打從一開始就不存在該有多好。」叔叔感慨的說：「但是人性真的很貪婪，一旦扯上金錢，腦袋裡的齒輪就會卡住，內心不斷產生嫉妒、憤怒和懷疑，根本無法收拾……我深深覺得，如果奶奶有留下遺囑就好了。只要有遺囑，大家就不會吵成那樣。」

「是啊。」

「但是奶奶那些珠寶到底去了哪裡？我最關心的就是那顆太陽石的下落。」

「太陽石？」

「你不記得了嗎？就是奶奶放在書房的那顆紅色珠子。」

「哦，原來是那顆玻璃珠啊。」

「那才不是什麼玻璃珠。」叔叔笑著說：「奶奶擁有的東西中，那個寶石最有價值。那顆太陽石沒有經過打磨，還是一顆原石，只要用特殊的方法切割打磨，就會綻放出宛如太陽的光芒。」

叔叔雙眼發亮的說：

「不光是這樣。把太陽石打磨後，還會發揮不可思議的能量——把它放在生病的人身旁，就能促進血液循環、溫暖身體，甚至可以吸走疾病，所以即使只有一小塊，也可以賣很高的價錢。奶奶那塊太陽石不是像李子那麼大嗎？那麼大的太陽石，當然有很強的能量，可以說是價值連城。如果賣給皇親國戚或億萬富翁，他們一定願意用足以買下四座宮殿的錢來交換。」

叔叔沒有發現希拉拉臉色蒼白，壓低聲音繼續對她說：

「不瞞你說，我一直在監視所有的親戚，但是……始終沒有看到任何一家人突然暴富，或是有人把那些珠寶戴在身上。最近我開始懷疑，可能不是親戚偷走了那些珠寶，而是外面的小偷把它們給偷走了。」

「這……這樣啊，既然如此，大家不是又能和好如初了嗎？大家是不是又可以像以前那樣和睦相處了呢？」

「不，我認為很難。說起來令人難過，所謂破鏡難圓，一旦關係有了裂痕，就很難再修復了。」叔叔難過的搖著頭。

但是希拉拉對叔叔的話充耳不聞。

那顆紅色玻璃珠竟然是名叫太陽石的寶石，而且居然還價值連城！奶奶想把太陽石留給她，正是因為奶奶愛她，所以才打算把最好的東西留給她。

然而希拉拉完全不明白奶奶的心意。

「為什麼在沒有搞清楚狀況前，就做了傻事呢？不，先別著急，也許還有辦法，現在也許還來得及挽回。」希拉拉這麼一想，急忙站了起來。

「叔叔，我想起有一件重要的事要辦，我先告辭了。」

希拉拉衝出咖啡店，一路飛奔。她一邊跑，一邊回想自己兩年前去過的那家魔法師商店。

她記得那家店就在這條路的深處，她必須回去那裡！

這時，發生了奇怪的事。希拉拉奔跑時，道路的前方變得朦朧起來。

起霧了。白色的霧氣漸漸擴散，周圍的房子、人和路燈變得模糊，就連聲音也被濃霧吸收，四周一片寂靜。

她記得這種感覺，這個情況和上次一樣，所以一定沒錯。

她激動得越跑越快，終於在濃霧深處看到了那家店。

她跑向那棟外形像針線盒的店，急忙推開鈕扣狀的大門。那個奇怪的老婆婆就在店裡，用驚訝的眼神看著她。

「咦？你不是上次的……」

「你、你把那顆紅珠子還給我！」

希拉拉大叫著，聲音大到幾乎要把店裡的玻璃窗都震破了，但是老婆婆只是歪頭看著她說：

「為什麼？我和你的交易已經結束了，現在不可能再把那顆珠子還給你。」

「你不要說這種話，我可以把你做的那個燭臺還、還給你。你應該記得，那是用真正的寶石做的燭臺，只要有那個燭臺，你也可以變成有錢人，你不會吃虧的。你把那顆紅珠子還給我，好不好？」

不過老婆婆面不改色的搖著頭說：

「很抱歉，那顆紅珠子已經不在我的手上了。我把它改造之後，賣給了其他客人。」

「怎麼可以這樣！你給誰了？你賣給誰了？」

「那個客人和你不一樣，她很想要那塊石頭，而且心地善良，配得上那塊石頭。」

希拉拉聽到這句話，終於恍然大悟。

「配得上那塊石頭？」希拉拉渾身顫抖。

「所以你知道！你從一開始就知道那是太陽石，還故意設計我放棄！你這個小偷，你這個混蛋！」希拉拉氣得伸手去抓老婆婆。

事到如今，不管用什麼手段，她都要知道魔法師把太陽石賣給了誰。

但是希拉拉完全無法對老婆婆出手，她舉起的拳頭還沒有揮下去，整個人就被拎了起來。

希拉拉踢著懸空的雙腳往後看，發現身後有一隻巨大的熊娃娃。熊娃娃身上滿是補丁，眼神看起來很可怕。熊娃娃抓著希拉拉的脖子，把她拎了起來。

「慘了。」這裡是魔法師的店，希拉拉竟然在這裡鬧事，真是太笨了。

老婆婆冷冷的對冷靜下來的希拉拉說：

「你問我知不知道？我當然知道啊。那顆珠子充滿了強烈的意

念，但是你無論得到任何東西都不可能幸福，因為你太貪婪了，配不上任何有價值的東西。你趕快走吧，再也不要來我的店裡。」

「等、等一下！」

「哈琪，把她趕出去！」

熊娃娃採取了行動，它緩緩打開店門，把希拉拉丟出門外。

希拉拉摔在堅硬的地上，身上的皮膚都磨破了，她從來沒有這麼痛過。

她哭著抬起頭，發現魔法師的商店不見了，霧也散開了，路上的行人全都好奇的看著髒兮兮又受了傷的自己。

希拉拉忍著羞愧和疼痛，努力站了起來，一路逃回家裡。沒想到爸爸、媽媽和剛才道別的叔叔，全都露出可怕的表情在家裡等她。

那個燭臺放在他們的腳邊，樹枝折斷了，原本掛在枝頭上的寶石全都掉落一地。

散落在地上的寶石發出璀璨的光芒，和鑲在燭臺上的時候完全不一樣。

「希拉拉……這些是奶奶的珠寶嗎？」

「這個天使手上拿的就是那顆紅寶石吧……沒想到你竟然動了歪

腦筋，把那些寶石改造成這種東西留在身邊。」

「我們之前真的完全不知情。」爸爸對叔叔說。

「我明白。希拉拉……原來東西是你偷走的嗎？」叔叔質問著。

叔叔和雙親一步步向希拉拉逼近，但是希拉拉已經沒有力氣逃走，也沒有力氣為自己辯解了。

她內心只想著一件事——

那顆太陽石到底在誰的手上？

6 顏色的回禮

外形像針線盒一樣的「改造屋」，位在不可思議的街道一角，只要推開鈕扣狀的圓形大門，就會看到許多閃閃發亮的商品。有衣服、飾品，還有漂亮的家具、玩具或是小配件。每一件商品都有迷人的品味，而且在其他商店絕對買不到這樣的東西。

店主茨露婆婆，總是把這家夢幻商店打掃得一塵不染。每天早

上，她都會清掃店裡的每一個角落，滿懷愛意的擦去貨架上的灰塵，用乾淨的抹布抹掉髒汙。

這麼做不光是因為茨露婆婆愛乾淨，更是因為她發自內心愛著店裡的每一樣商品。

店裡陳列的每個商品都是茨露婆婆親手製作的，她清楚記得自己是在什麼時候、使用哪些材料製作了這些東西。她覺得每一件商品都很可愛，每一件商品都像是她的孩子。

所以她經常對這些商品說話。

那天早晨，她在擦拭南瓜形狀的音樂盒時，也心情愉快的小聲說道：

「我記得你原本是個守護農田的稻草人頭。一個小男生把大南瓜挖了眼睛和鼻子，做成了稻草人的頭。雖然是很棒的稻草人，但是秋收過後就要被燒掉。製作稻草人頭的小男生不希望南瓜被燒掉，於是把你寄放在『十年屋』。呵呵，十年過後，你被我發現，變成了現在全新的模樣。很好，現在的你很完美。來，我把你擦乾淨了，唱首歌來聽聽吧。」

茨露婆婆轉動音樂盒的發條，南瓜就像珠寶盒一樣打開了。

音樂盒內有一片小小的農田，那一小片金色的麥田中豎立著一個稻草人，它張開的雙臂上停了很多烏鴉。

稻草人隨著悠揚的牧歌起舞，烏鴉也歡快的唱著歌。

音樂盒內是一個小世界。

茨露婆婆聽著音樂盒的音樂，又拿起了旁邊的化妝包。皮革製的化妝包用皮帶束起，上面畫著地圖的圖案。

這個化妝包原本就是一張地圖，那張畫在羊皮紙上的舊地圖很有味道，看著地圖，就會激發起一股探險心，覺得「這會不會是海盜的藏寶圖呢」？

但是，茨露婆婆是在垃圾堆裡發現這張地圖的。裝在玻璃畫框內的地圖，被人丟在垃圾堆裡。

「當初發現你的時候，我真是太驚訝了。既然裝在那麼高級的畫框內，就代表你的主人很珍惜你，但是主人去世之後，別人就把你當成垃圾丟掉了……別擔心，你現在有了新生命，總有一天，會遇到懂得珍惜你的新主人。呵呵，我相信想要你的一定會是富有冒險精神的人。」

茨露婆婆在說話的同時，用乾抹布輕輕擦拭化妝包。

「鈴鈴。」這時，門鈴響了起來。

「哎喲，有人上門了，是客人嗎？」

茨露婆婆把化妝包放回貨架，急急忙忙走去門口。

「咦？原來是你。」

店門口站著一位年紀大約八歲的小男孩，今天明明沒有下雨，他卻穿著水藍色的雨衣和水藍色的長雨靴，肩上背著一個肩背包，一隻有著綠寶石顏色的變色龍坐在他頭上。

變色龍用開朗的語氣，很有精神的對茨露婆婆說：

「茨露婆婆，你好！非常感謝你上次的幫忙。」

「不客氣、不客氣，我也要謝謝你們。」茨露婆婆笑臉盈盈的說：「你們要我設計房子，做這麼有意義的工作，我實在太開心了，因為很少有這種機會。房子的狀況怎麼樣，住得還舒服嗎？」

「那棟房子太棒了，我們每天晚上都睡得很香甜，火爐的狀況也很不錯，每天都可以吃美食，而且也開始有客人上門了。有了住的地方和店面，果然很不一樣，有一種安定的感覺。」

「那真是太好了。」

茨露婆婆露出笑容，回想起第一次見到這個男孩，也就是變色魔法師譚恩的事。

不久之前的某天早上，這個孩子走進了「改造屋」。

譚恩的個性似乎很害羞，他把雨衣的帽子壓得很低，不願露出自己的臉。他幾乎都不說話，而是由被他收服的變色龍帕雷特代替他說明上門的目的。

「我們想造一棟房子，可以請你幫忙嗎？」

茨露婆婆聽了帕雷特的話，抱著雙臂說：

「你們要造一棟房子嗎？我雖然沒有經驗，但是應該沒問題。要造怎樣的房子呢？是你們要住的房子嗎？」

「嗯，因為譚恩是正統的魔法師，所以應該住在這條街上開一家店。各位長老已經同意我們使用角落的空地，而且造房子要用的材料也已經準備好了，想請改造魔法師大顯身手，拜託了。」

在帕雷特的懇求下，茨露婆婆決定去街角的空地看一下。如果不知道他們準備了哪些材料，以及空地有多大，她無法構思要建造怎樣的房子。

她和譚恩他們一起來到空地，發現空地上有一個大酒桶、金魚缸和捕魚用的漁網，還有一個生鏽的小火爐和大量的木材。這些材料可能是他們去某個地方撿回來的。

「這樣啊，我明白了。」

「怎麼樣？」

「嗯，材料很充分。你們有什麼要求嗎？你們想要一棟怎樣的房子？有沒有什麼絕對不想讓步的地方？」

「當然有啊，」帕雷特立刻回答，「我們想要睡在吊床上，因為搖來搖去很快就能睡著；而且家裡要有可以做菜的火爐，我們以前一直用木柴燒火煮飯，但是火候很難控制，下雨的時候就沒辦法煮飯了。」

「的確有道理。」

「嗯，我們的要求差不多就這些了。」

帕雷特說完後，譚恩第一次開了口。

「還有，架子……」

譚恩的聲音小到幾乎聽不見，但是聲音很清澈明亮。

「啊，對對對，我忘了架子的事。還要有很多可以擺放小瓶子的架子。」

「要把小瓶子放在上面嗎？」

「嗯，譚恩是變色魔法師，可以用物品做出各種不同的顏色，所以需要架子保管這些完成的顏色。」

「原來是這樣，我了解了。還有呢？還有其他要求嗎？」

「好像沒有了。」

「那我就按照自己喜歡的方式設計。房子的外形……嗯，可以直接利用這個酒桶。既然房子裡有火爐，就要有一個煙囪。漁網可以用來做吊床，這個金魚缸就用來做天花板上的燈，至於窗戶的形狀，絕對是圓形比較可愛。」

茨露婆婆看著材料，漸漸設計出房子的樣子。

但是她在思考牆壁顏色的時候卡住了。

水藍色？草綠色？白色？嗯，感覺都不太對勁。茨露婆婆很著急，就像是拼圖即將完成卻少了一片。

在找到那片拼圖之前，她無法動手建造房子。

正當茨露婆婆絞盡腦汁思考時，一陣強風吹了過來。

那是一陣旋風，它在茨露婆婆和譚恩身旁打轉了一下便離開了。風掀起譚恩頭上的雨衣帽子，茨露婆婆看到一張有如天使般的俊俏面孔和一頭彩虹色的頭髮。

「嗯！」

茨露婆婆瞪大了眼睛。

閃閃發亮的金色、華麗的橘色、鮮豔的紅色、滋潤的綠色、打動人心的藍色、古典的淡紫色，還有讓人聯想到月亮的銀白色。

譚恩五彩繽紛的頭髮被風吹得飄揚起來，美得令人說不出話的顏色，就像小河的流水般溢流而出。

當譚恩急忙把雨衣帽子戴起來的時候，茨露婆婆差一點開口抱怨說：「我還想多看幾眼耶。」

但是，看到譚恩的頭髮後，她完成了房子的設計，找到了最後一片拼圖。

「好，你們稍微退後一點。」

「咦？你現在就要建造房子了嗎？」

「是啊，要趁靈感還沒消失之前完成，我以前從來沒有做過這麼大的作品，真是讓人躍躍欲試。」

茨露婆婆開心的笑著，唱起了她的魔法之歌。轉眼間，空地上充滿了茨露婆婆的魔法，然後……

當她唱完歌時，眼前出現了一棟大酒桶形狀的房子。

房子完全符合譚恩他們的要求，裡面有吊床，有一個小火爐，還有擺滿一整面牆的架子，可以拿來放小瓶子。裡頭還有碗櫥和桌椅，這是茨露婆婆送給他們的禮物。

房子的外牆是彩虹的顏色，在白色的底漆上貼著不同顏色的顆粒，簡直就像是彩虹色的鱗片，絕對沒有比這棟房子更適合變色魔法師居住的地方了。

這是茨露婆婆使出渾身解數製作的作品。看到完成的房子，不僅譚恩張口結舌，就連向來滔滔不絕的帕雷特也說不出話來。

茨露婆婆回想起他們當時又驚又喜，瞪大了眼睛的樣子，忍不住呵呵笑了起來。

「你們今天來這裡有什麼事嗎？又有什麼需要我幫忙改造的東西嗎？」

「不、不是，我們今天是來送謝禮的，謝謝你之前為我們建造房子。」

「謝禮？」

「你之前為我們建造房子的時候，不是說過希望下次可以和你分享一些顏色嗎？那天之後，譚恩做了一些顏色，所以就帶來給你。譚恩，趕快拿給茨露婆婆看。」

譚恩在帕雷特的催促下，戰戰兢兢的放下肩背包，他的背包裡裝滿了藥瓶大小的瓶子。

「哎喲，真是太漂亮了！」

茨露婆婆忍不住發出驚嘆的聲音。那些小瓶子裡裝了不同顏色的墨水，宛如寶石般閃閃發光的墨水，好像分別帶著不同的故事，讓人看了情不自禁的興奮起來。

茨露婆婆看著這些顏色看得出神，帕雷特對她補充說明：

「即使是這裡沒有的顏色，只要你說出想要的色彩，譚恩就可以馬上為你做出來。譚恩，你說對不對？」

「嗯，你有……想要的顏色嗎？」

「唉，你不要催我，讓我好好看清楚。啊，這種紅銅色很不錯，還有這種嫩綠色也很棒，簡直就像是春天山野的顏色。」

茨露婆婆興奮的看了老半天，突然回過神說：

「對了，我很久之前就決定要做一件作品，目前材料蒐集得差不多了，那就請你為我製作染色的顏料吧。」

「什麼顏色？」

「我要兩種顏色，分別是黑色和白色。」

「有黑色啊，譚恩，你拿出來。」

「嗯……」

譚恩立刻拿出一個小瓶子，裡面裝著完美的黑色。充滿威嚴的顏色，令人聯想到夜晚的帝王。

「太棒了！我第一次看到這麼美的黑色！」

「嘿嘿，這是譚恩用夜晚的大海製作的顏色，我也很喜歡。你仔細看，黑色裡頭是不是帶有粼粼波光的感覺？」

帕雷特的語氣很得意，好像在誇耀自己的功勞。

「你還需要白色。嗯，現在手頭上剛好沒有……可以讓我們去找一下材料嗎？」

「你是說製作顏色的材料嗎？需要怎樣的材料？」

「什麼材料都沒關係，譚恩可以用所有東西製作顏色，但是有一個條件，沒辦法用黑色的東西做出白色。」

「原來如此，所以是提取材料本身的顏色嗎？你們跟我來，我蒐集了很多用來改造的材料，你們可以從這些材料當中尋找白色的東西。」

茨露婆婆說著，把譚恩和帕雷特帶到店面後方的工作室。

工作室裡堆滿了各式各樣的破銅爛鐵，有木材、損壞的工具、破舊的衣服和弄髒的繪畫，工作室簡直就像是垃圾場，但帕雷特很興奮的說：

「太棒了，這裡有滿滿的素材！我們真的可以挑選自己喜歡的材料嗎？」

「當然，你們可以挑選任何材料，但是不要碰桌上那個箱子裡的東西，因為裡面裝的都是很難蒐集到的素材。」

「沒問題。譚恩，你來找找看吧。」

「嗯……」

譚恩樂不可支的開始尋找材料。他探頭向架子內張望，還不時把手伸進堆在一起的破銅爛鐵。

不一會兒，譚恩找到了某個東西，走回茨露婆婆的身旁。

「這個……」

他遞出一個貓頭鷹的標本。那隻貓頭鷹站在樹枝上，張著一雙金色大眼睛，同時還展開著雙翼。貓頭鷹的毛色原本應該像雪一樣潔白，但是現在牠的身體看起來灰濛濛的，而且受損嚴重，掉了很多羽毛。

「哦，這是來店裡的客人給我的。我記得那位客人說這個標本，是用他爺爺獵到的貓頭鷹做成的，因為看起來很可怕，而且也髒了，所以他想要丟掉。」

「我可以用這個嗎？」

「當然可以，但是牠已經變得很髒，這樣還可以做出漂亮的顏色嗎？」

「可以……」

譚恩第一次用堅定有力的聲音回答。他脫下雨衣的帽子，露出了漂亮的彩虹色頭髮。

他要怎麼製作顏色呢？

譚恩在茨露婆婆的注視下，開始唱起歌來。

春天原野花滿開，歡天喜地隨手摘，
黃色油菜花，紫色紫羅蘭。
夏天樹林開滿花，歡天喜地去尋找，
藍色鳶尾花，深紅色草莓。
秋天山林果實多，歡天喜地來撿拾，
紅色的落葉，金色的橡實。
冬天森林樹木多，歡天喜地去尋寶，

銀色槲寄生，綠色的木樨。
蒐集滿滿的寶物，一起拿來送給你，
滿懷鮮豔的色彩，讓你心滿又意足。

譚恩用令人聯想到銀色鈴蘭的聲音唱完歌，然後又用雙手撫摸貓頭鷹。

貓頭鷹一被譚恩的手碰到就立刻縮小，就這樣被吸入年幼的魔法師手中。

不一會兒，譚恩的手上握著一個小瓶子。

瓶子裡裝著純白的色彩，讓人想到在雪地上空飛翔的貓頭鷹。寧靜又高貴的清純白色，美得令人難以用言語形容。

「這個顏色……你滿意嗎？」

茨露婆婆接過譚恩戰戰兢兢遞過來的小瓶子，她因為太興奮、太感動，雙手忍不住顫抖。

好美的顏色，絲毫不比剛才收下的黑色遜色，而且黑白兩色形成完美對比。只要有這種白色和剛才的黑色，一定可以做出完美的作品。

茨露婆婆如獲至寶的收下小瓶子。

「謝謝你，這是最棒的顏色。」

「太好了……」

譚恩重新戴好帽子，開心的露出笑容。茨露婆婆看到他可愛的笑容，忍不住想，自己以後一定還會繼續和這個年幼的變色魔法師當朋友。

「你能搬來魔法街居住真是太好了。」茨露婆婆發自內心這麼對他說。

7 魔法師茨露婆婆

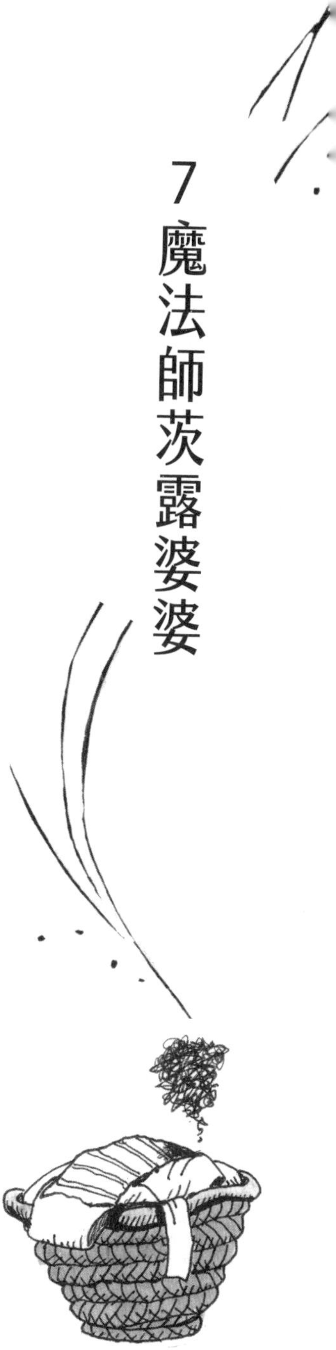

這一天，改造屋的茨露婆婆決定外出尋找材料。

她用來改造的材料不只是客人作為酬勞支付的物品，有時候她也會親自出門尋找。在茨露婆婆眼中，垃圾場和無人居住的房子都是寶山。一邊和灰塵、老鼠奮戰，一邊尋找出色的材料是很令人興奮的樂趣。

不過，她今天決定要去「十年屋」尋寶。

「十年屋」也是一間魔法師經營的商店，專門為客人保管很重要卻無法留在身邊的東西。物品的保管期限最長十年，十年的歲月很漫長，客人很可能會改變主意，覺得「我不想要那個東西了」，於是他們寄放的物品，就會成為十年屋的商品，而茨露婆婆有時候會去那裡接收這些客人不要的東西。

十年屋還有一隻可愛的管家貓，牠每次都會為茨露婆婆送上好喝的咖啡和好吃的餅乾，那也是茨露婆婆的樂趣之一。

「好了，出門吧，希望今天可以找到想要的材料。」

茨露婆婆帶著尋寶的心情，做好了出門的準備。她把搭檔哈琪背在身上，穿上心愛的溜冰鞋。

她在準備出門的時候，從大鏡子裡看見了自己的身影。

她忍不住停下腳步，目不轉睛的注視著鏡子。

鏡子中有一位活力充沛、雙眼炯炯有神的老婆婆，但是茨露婆婆以前並不是現在看到的模樣。以前的她眼神陰沉，總是一臉悲傷的癟著嘴角。

茨露婆婆難得想起了往事。

即使是歷史悠久的魔法師家族，魔力也會漸漸變得薄弱，茨露婆婆的家族就是這樣。以前她的家族曾經有過好幾位偉大的魔法師，但是後來出生的孩子天生具有魔力的人越來越少，家族的人也漸漸變得和普通人差不多了。

茨露婆婆就是在這樣的情況下出生。在她出生滿一百天的時候，家族的人為她舉行了確認魔力的儀式——讓還是小嬰兒的茨露握住一個銀製撥浪鼓。當時她一握住撥浪鼓，這個世代相傳的玩具便發出了美麗的音色——代表這個孩子具有魔力，以後可以成為魔法師。

全家人為此感到興奮不已，立刻找來占卜魔法師，為茨露婆婆的命運占卜。

占卜魔法師預言：「這個孩子，以後會成為使用剪刀和針線的魔法師。」

於是家人為茨露婆婆準備了針線和剪刀，每天都讓她學習裁縫。家人毫不手軟的為她準備了昂貴的布料和線，也為她準備了各種工具。

但是茨露婆婆笨手笨腳的，連一件東西也做不出來。她不會刺繡也不會編織，無論練習多少次，都無法用剪刀筆直的剪下布料。

「她還是個孩子，做不出來很正常。」起初家族的人都這麼認為，但是茨露婆婆到了十歲、二十歲之後，仍然無法做出一條簡單的裙子。

事到如今，全家人的期待變成了失望。家族裡好不容易誕生了一位魔法師，沒想到竟然是個瑕疵品，真希望能收回以前花在這個孩子身上的時間。

眾人的冷言冷語和冷漠的眼神，讓茨露婆婆自卑得抬不起頭。她曾經認真的以為自己不應該出生，天天畏畏縮縮的過日子。她總是低頭走路不敢看任何人，努力不引起別人的注意。

當然，她也完全不碰針線，因為她對製作東西感到害怕。

在那段漫長的歲月裡，茨露婆婆一直過著很沒有自信的生活。

她沒有結交到親近的朋友，也沒有結婚。

等她回過神時，才發現自己變成了孤身一人，整天嘆息的父母、那些經常數落她的親戚，全都在不知不覺中離開了這個世界。

茨露婆婆覺得自己終於能夠好好呼吸了。

「這樣就好，我有朝一日，也會靜靜的離開這個世界。」

茨露婆婆決定在孤獨中度過自己剩下的時間。

有一天，茨露婆婆闖了禍。

她不小心把洗衣籃放在火爐旁，等她發現的時候，衣服已經燒了起來。幸好衣服還是溼的，所以在火勢變大前就撲滅了，但是好幾件衣服也因此燒破了洞，其中還有她很喜歡的圍裙，以及在二手服飾店剛買不久的蓋毯。

「怎麼辦？」茨露婆婆陷入了煩惱。

她無法忽視燒破的洞，但又覺得丟掉太可惜了。茨露婆婆對自己說：「要不要補一補呢？不行，我沒辦法補得很漂亮。沒辦法了，只能剪成小塊當抹布使用。雖然我笨手笨腳的，但是剪成抹布應該不成問題。」

茨露婆婆拿出塵封多年的剪刀。那是家人送給她的剪刀，不知道剪刀上是不是施加了魔法，竟然完全沒有生鏽。

如果能好好運用這把剪刀，自己現在應該會過著完全不一樣的生活。

茨露婆婆的內心隱隱作痛。她拿起剪刀，發覺許久沒用的剪刀很沉重，但是握在手上卻很順手。那把剪刀好像在對茨露婆婆說：

「我一直在等你拿起我。」

當她開始裁剪被火燒破的圍裙時，有個東西在茨露婆婆的內心發生了變化。

「沙沙沙、沙沙沙。」

茨露婆婆的手和剪刀自己動了起來，不到一分鐘，所有衣服都變成了一塊塊小布片。

但是，不可思議的事並沒有結束。

這次是針和線從櫃子深處衝出來，飛到茨露婆婆的手上。她毫不猶豫的拿起針線，把布片縫了起來。茨露婆婆以前根本不擅長做針線活，如今卻靈巧得令人難以置信。

茨露婆婆不知不覺唱起歌來。

松葉蕁麻黑玫瑰，針線護者在這裡，
木賊母子草雞眼草，一聲令下全聚齊，
重新編織舊記憶，縫縫補補向未來，
破銅爛鐵獲重生，譜出一首新歌曲。

那是屬於茨露婆婆的歌，她與生俱來的魔法之歌。

當她回過神時，發現自己已經完成了一個熊背包。那是用各種布片縫起來的百衲熊，雖然眼神看起來很可怕，但也有點可愛。

茨露婆婆忍不住流下了眼淚。這是她有生以來第一次完成一樣東西，她感到無比高興，沒想到製作東西是這麼愉快、這麼令人欣喜的事。

同時，茨露婆婆也明白了自己的身分。

即使給她嶄新的布和線，她也無法製作出任何作品。她並不是裁縫魔法師，而是為破舊東西、不需要的東西創造新生命的改造魔法師。

茨露婆婆看向前方，她的面前有一面大鏡子，鏡子中的女人看起來比六十二歲的實際年齡更蒼老。樸素的髮型，樸素的衣服，但是她的雙眼已經沒有那種缺乏自信的陰沉了。

眼神充滿熱情的人不適合穿這麼樸素的衣服，更重要的是，她不想再穿這種自己根本不喜歡的衣服了。

「我也需要好好改造一番。」

茨露婆婆拆下所有衣服上的鈕扣，把它們全都縫在她最喜歡的洋裝上。

改造魔法師茨露婆婆就這樣誕生了。

❖

現在她每天的生活都很愉快，雖然有時候會遇到奇怪的客人，也有一些不愉快的經驗，但她還是覺得改造是一件快樂的事。每次改造別人不要的東西，茨露婆婆就覺得自己也獲得了重生。

「呵呵，改造能夠重獲新生，全天下沒有比這個更令人開心的生意了。看到有人喜歡我改造的東西，真是一件開心的事。喔，已經這麼晚了，哈琪，我們該出門了。」

她對自己最初改造的作品——百衲熊說完話，便邁著輕快的腳步出門了。

當她抵達「十年屋」時，名叫十年屋的魔法師和他的管家貓客來喜正在等她。

十年屋是個身材修長又時髦的年輕人，總是穿著深棕色的西裝背心和長褲，脖子上還繫著一條顏色漂亮的絲巾。

十年屋滿面笑容的迎接茨露婆婆。

「茨露婆婆，歡迎光臨。」

「你們好，我又來打擾了。我可以在店裡尋找改造的材料嗎？」

「請便、請便。啊，對了，你之前說過正在尋找國王、女王、馬和城堡對吧？」

「是啊，國王、馬和城堡我已經蒐集到了，現在還缺女王。」

「你覺得這個怎麼樣？它的主人最近決定要放棄它了。」

十年屋從口袋裡拿出一條白色手帕，因為是舊手帕，所以看起來有點泛黃，而且還有些破損，但是上面的紅玫瑰刺繡很精美。那個刺繡不是機器繡的，而是靠手工一針一線完成的。

茨露婆婆看到之後，興奮得跳了起來。

「太棒了！玫瑰是花的女王，這就是我一直在尋找的材料！謝謝你沒有把它交給其他客人，我終於蒐集到所有的材料了，得好好酬謝你才行！你想要什麼？有沒有什麼想要的東西？」

「客來喜最近說想要一張新的床鋪，因為現在用的那張床快壞了。可以請你製作一張能安穩入睡的小床嗎？」

「當然可以。我回去店裡就馬上動手做，很快就會送過來了。乖貓，你想要什麼材質的床？木頭？草？還是布？」

「我想要鬆鬆軟軟的床喵。」

客來喜用可愛的聲音回答。這隻有著蓬鬆橘毛的貓咪，穿著帥氣的黑色天鵝絨背心，還繫了一個黑色領結。

「可以的話，我還想要一個魚形狀的枕頭。」

「沒問題，那就交給我吧，我會為你做一張超級鬆軟的床，還會附上魚形狀的枕頭。十年屋，那我就告辭了。」

「咦？這麼快就要回去了嗎？你不進來店裡看一下嗎？」

「今天就不用了，因為我終於得到了夢寐以求的東西，想要趕快回店裡動手改造。客來喜的床做好之後，我會馬上送過來。」

茨露婆婆和十年屋約定好之後，便飛快的跑回「改造屋」打開自己的寶物箱，把珍藏的東西全都拿出來放在桌上。

壞掉的木馬、有獅子裝飾的鐵製鑰匙、城堡徽章，還有變色魔法師譚恩給她的黑色、白色墨水。

剛剛得到的玫瑰刺繡手帕也在那裡。

「勇敢的騎士、英勇無畏的國王、高大的城堡，還有華麗的女王。嗯，全都蒐集齊全了，也有白色和黑色的墨水。啊，這下子終於可以完成了。」

茨露婆婆調整呼吸，在腦海中完成構思。

接著，她唱起了魔法之歌。

尾聲

隔天，茨露婆婆的店裡多了一件新商品——

一套西洋棋。

西洋棋分成白色和黑色兩組不同的棋子，分別有八個士兵、雙騎士、雙主教和雙城堡，一個國王和一個皇后，但是所有棋子的形狀和外觀都不一樣。

比方說：黑色的國王是戴著王冠的獅子，白色的皇后是捧著玫

瑰花的美麗貴婦。

這套西洋棋的每一個棋子，都充滿了生動鮮活的魅力，不知道哪一位客人會深受吸引，前來推開「改造屋」鈕扣形狀的大門呢？

「真令人期待。哈琪，你說對不對？」

茨露婆婆一邊向搭檔說話，一邊把「營業中」的牌子掛在鈕扣形狀的門上。

推薦文

魔法之外的魔法——巧思妙想，化腐朽為神奇

◎文／廖淑霞（臺北市私立再興小學研究教師）

作品席捲兒童文字書市場的日本作家廣嶋玲子，以其天馬行空的創意，創作無數的奇幻故事。帶著百妖在《妖怪出租》中大展身手；隨著福子在《幽靈貓福子》中大戰群魔；派紅子開了間《神奇柑仔店》，為人們排憂解難；遣魔法師經營《魔法十年屋》，讓有緣人保管生命中想珍藏的事物與回憶。

讀者們可還記得《魔法十年屋1：想不想試試時間的魔法？》故事中的茨露婆婆嗎？憑藉著「魔法之外的魔法」，以巧思妙想，化腐朽為神奇，改造出雪花球，雪球內快樂堆著雪人的男孩與女孩，讓柯麗憶起與珞珞昔日的約定。

茨露婆婆雖出生於魔法師家族，卻無法運用魔法裁剪出亮眼的衣物，在眾人的冷漠言語中漸失自信，越發畏縮甚至自我封閉，卻在縫補舊物中，找到物品與自己的存在價值。原來她的使命是讓那些別人眼中的破銅爛鐵，改頭換面，再現風華。茨露婆婆的創意展露在個人風格鮮明的外表與住所中：插滿針線、剪刀的奇特帽子；猶如針線盒般的房子，鑲嵌五顏六色鈕扣的牆壁，發出如魚鱗般的光芒。

在茨露婆婆的妙想中，佳娜那套承載親人對自己婚姻祝福的「鮮花餐盤」獲得重生，成為實用又具有藝術感的盆栽；德可先生那塊二十年不見天日的門板，幻化成兩層樓的漂亮娃娃屋；將太陽石打造成行星運行吊飾，成為米雅送給身體孱弱的弟弟庫德的最佳禮物；即將面臨火化厄運的南瓜稻草人，成了南瓜造型的音樂盒；被棄置於垃圾堆的羊皮地圖，成了最精巧的皮革化妝包……這些物品，不全然憑藉茨露婆婆的魔法，而是她腦中千奇百怪的創意，以及出類拔萃的品味，激發出魔法之外的魔法。

物之有用無用、才與不才，端看擁有者如何看待它。滿載諾娜姨婆奇思妙想的老舊故事筆記本，對納谷而言是無用，但到了茨露婆婆手中，卻轉身成為不斷湧出精采絕倫故事的枕頭；猶如紅色玻璃珠的太陽石，因為沒有璀璨光芒而讓希拉拉嫌棄，卻成為茨露婆婆編織行星運行吊飾時的重要基石。

生活中不乏具有魔法的創客，讓俯拾可得的種子成為環保鑰匙圈的好素材；將回收的寶特瓶堆疊出創意聖誕樹；用造成地球汙染的電子零件組裝的藝術品；鏽蝕的人孔蓋在臺灣插畫家巧手的繪製下，成為一幅幅藝術創作。

在物欲橫流的現代社會，生活的充裕與便利，讓我們「需要」與「想要」的界線模糊不清，惜物愛物的意識薄弱；伴隨自己成長的物品無須珍藏，歡樂節日收到的禮物轉眼可丟，似乎已無特別值得珍藏的物品，也失去化腐朽為神奇的巧思，讓我們重啟腦海中的繆思，剪裁手中樸實的資源，開始加入「改造魔法師」的行列。

茨露婆婆創意商品說明牌

◎活動設計／廖淑霞（臺北市私立再興小學研究教師）

茨露婆婆店裡有精美的繪本、可愛的人偶、裝了很多木雕動物的小行李箱，還有閃亮的小喇叭、紅色的太鼓、裝滿金幣的寶箱和海盜帽子套組，以及滿是刺繡的小帳篷和風箏、陀螺……卻缺了標示清楚的說明，讓顧客可以了解商品的材料與適用對象，請試著挑選幾樣商品為它製作創意的說明牌。

◆ **商品名稱：**行星運行吊飾

◆ **商品材料：**能發出如太陽光芒的紅色原石、各種顏色的珠寶、精緻的絲線

◆ **適用對象：**

1. 身體孱弱需要太陽石的能量促進血液循環。
2. 具有善念且懂得感恩的人。

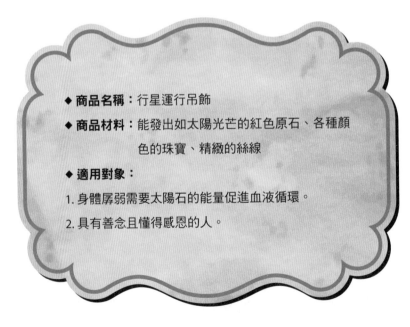

◆ 商品名稱：

◆ 商品材料：

◆ 適用對象：

◆ 商品名稱：

◆ 商品材料：

◆ 適用對象：

送禮送到心坎裡

俗話雖說：「禮輕情義重」，但如何送一份讓收禮者驚喜的禮物卻是一門大學問，憑靠的就是細膩的觀察力與同理心。請發揮你的觀察力，想想你周遭的人最需要哪種禮物？

- **收禮者**：弟弟
- **禮物**：飛天斗篷
- **原因**：一天到晚夢想像小飛俠彼得潘一樣穿梭在夜空與夢幻島之間，有了飛天斗篷就可以實現他的夢想。

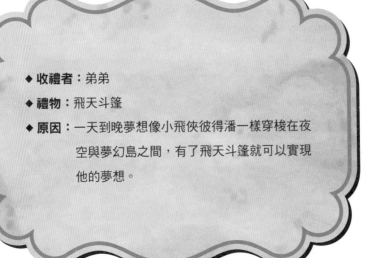

◆ 收禮者：

◆ 禮物：

◆ 原因：

◆ 收禮者：

◆ 禮物：

◆ 原因：

魔法十年屋特別篇1
修補記憶的改造屋

作　　者｜廣嶋玲子
插　　圖｜佐竹美保
譯　　者｜王蘊潔

責任編輯｜楊琇珊、江乃欣
特約編輯｜葉依慈
封面設計｜蕭雅慧
電腦排版｜中原造像股份有限公司
行銷企劃｜劉盈萱

天下雜誌群創辦人｜殷允芃
董事長兼執行長｜何琦瑜
媒體暨產品事業群
總 經 理｜游玉雪
副總經理｜林彥傑
總 編 輯｜林欣靜
行銷總監｜林育菁
副 總 監｜李幼婷
版權主任｜何晨瑋、黃微真

出 版 者｜親子天下股份有限公司
地　　址｜台北市 104 建國北路一段 96 號 4 樓
電　　話｜（02）2509-2800　傳真｜（02）2509-2462
網　　址｜ www.parenting.com.tw
讀者服務專線｜（02）2662-0332　週一～週五：09:00~17:30
讀者服務傳真｜（02）2662-6048　客服信箱｜ parenting@cw.com.tw
法律顧問｜台英國際商務法律事務所・羅明通律師
製版印刷｜中原造像股份有限公司
總 經 銷｜大和圖書有限公司　電話：（02）8990-2588

出版日期｜2022年 5 月第一版第一次印行
　　　　　2024年 9 月第一版第五次印行
定　　價｜320元
書　　號｜BKKCJ084P
ISBN｜978-626-305-189-8（平裝）

訂購服務
親子天下 Shopping｜shopping.parenting.com.tw
海外・大量訂購｜parenting@cw.com.tw
書香花園｜台北市建國北路二段6巷11號　電話（02）2506-1635
劃撥帳號｜50331356　親子天下股份有限公司

國家圖書館出版品預行編目資料

魔法十年屋特別篇1：修補記憶的改造屋／廣嶋玲子 文；佐竹美保 圖；王蘊潔 譯. -- 第一版. -- 臺北市：親子天下股份有限公司, 2022.05
200面；17X21公分. --（樂讀456系列；84）
注音版
ISBN 978-626-305-189-8（平裝）

861.596　　111002371

"TSUKURINAOSHIYA: JUNENYA TO MAHOGAI NO JUNINTACHI"
written Reiko Hiroshima, illustrated by Miho Satake
Text copyright © 2019 Reiko Hiroshima
Illustrations copyright © 2019 Miho Satake
All rights reserved.
First published in Japan by Say-zan-sha Publications, Ltd., Tokyo
This Traditional Chinese edition published by arrangement with Say-zan-sha Publications, Ltd., Tokyo in care of Tuttle-Mori Agency, Inc., Tokyo, through Future View Technology Ltd., Taipei.

立即購買 >
親子天下 Shopping
有聲故事書